P9-CBI-220

COLLECTION FOLIO

Pierrette Fleutiaux

Métamorphoses de la reine

Gallimard

Pierrette Fleutiaux est née en Creuse. Elle a vécu à New York et à Paris et a publié des romans et des nouvelles : *Histoire de la chauve-souris, Histoire du tableau, Histoire du gouffre et de la lunette, La forteresse*. Son dernier roman, *Nous sommes éternels,* a été publié en 1990 aux Editions Gallimard.

Je remercie Karl Gerstner
de son aide précieuse,
et Chris et Vic et Frog
pour leur douce présence,
car sans eux... point de reine.

PRÉFACE

Dans un moment de difficulté, j'ai voulu revenir aux contes de l'enfance, ceux qui ont pénétré si tôt dans la conscience qu'ils constituent un réel au même titre que le Réel, avec même parfois une charge de réalité plus grande, en partie à cause de leur apparition à cet âge, en partie pour d'autres raisons. Et il s'est passé quelque chose de curieux.

Ces contes étaient bien la seule « littérature » que mon esprit arrivait à accueillir, alors que toute autre semblait comme s'arrêter et buter, plus ou moins loin, à la périphérie de ce qui restait vivant en moi.

Mais en même temps, égal à cet accueil, il y avait un rejet. Sans doute est-ce à cause de ce double mouvement d'accueil et de rejet que quelque chose a bougé là où tout était pétrifié en moi, et que m'est revenu le désir d'écrire. Et alors, presque aussitôt, le désir de ré-écrire, de refaire.

Je me suis souvenue du livre de Bruno Bettelheim, dont je préfère le titre anglais *The uses of enchantment*, ou plus exactement je me suis souvenue de mon souvenir de ce livre, et puisque ma vie s'est tournée de telle sorte que j'écris des histoires plutôt que de la théorie, ce souvenir tel qu'il s'est intégré à moi est ce qu'il me faut garder pour l'instant. Il pourrait se résumer en deux mots : « consoler et guider ». Voilà ce pour quoi (entre autres) ils seraient là, ces petits personnages que tout le monde connaît : pour nous consoler et nous guider dans les étranges rencontres que chacun fait avec la vie.

Seulement, voilà que tout en faisant bien ces deux choses suffisamment pour m'attirer, ils me repoussaient aussi, dans la situation où j'étais, ou c'est moi qui les repoussais.

Dans son étude sur les contes de Perrault, Marc Soriano suggère une tension secrète entre l'auteur, frère d'un jumeau aîné mort à six mois, et le personnage du cadet. Pour moi, c'était évident, il y avait des lignes de tension aussi, mais elles passaient ailleurs.

Il m'est alors venu à l'idée que ces contes étaient des contes d'enfant et que je n'étais pas une enfant, plus spécifiquement que c'étaient des contes de petites filles et que j'étais une femme, et plus spécifiquement encore que lorsqu'on y parlait de femmes (et d'hommes aussi, bien sûr), cela ne me plaisait pas, non, pas du tout. Et à la suite de cela, toutes sortes d'autres idées plus compliquées, avec des colères, des surprises, des interrogations, tant et si bien que ces contes se sont mis à vivre d'une tout autre façon.

Et au début, je voulais les diriger à ma manière, pour qu'ils m'apportent les solutions de vie que j'avais déjà fixées à priori, dans ma naïveté. Mais ces textes archaïques sont un matériel magique. Malgré mes exhortations et mes efforts, ils ne sont pas allés toujours où je voulais. Peut-être ne pouvaient-ils pas aller plus loin que là où j'en étais à ce moment, mais ce serait une autre histoire. Finalement, ce sont eux qui m'ont menée, et je me suis abandonnée à eux.

Je suis partie des contes de Perrault. Pour des raisons qui pourraient être expliquées ailleurs, ce sont ceux-là qui ont agi sur mon esprit, plus que ceux de Grimm. Le conte de *La Belle au bois dormant* était si insistant qu'il est revenu sous deux formes, l'une d'elles suscitée par l'épisode épouvantable qui est chez Perrault et non chez Grimm, et qui ne se retrouve pas dans les présentations actuelles. Dans *Le Petit Poucet*, le personnage qui me poursuivait, c'est la femme de l'Ogre, qui n'apparaît que dans quelques lignes, qui est à la fois si effacée et si hardie, et dont la situation est si étrange puisque c'est par elle que viennent en contact le monde le plus cruel et le monde le plus innocent.

Des huit contes de Perrault, certains ne se retrouvent pas ici. Ils sont pourtant toujours avec moi, mais la magie a ses voies et son temps propres, elle ne saurait être forcée. Un jour *Riquet à la houppe*, *Les Fées*, et *Le Chat Botté* me diront sans doute ce qu'ils ont à me dire. Quant à *Blanche-Neige*, Perrault ne l'a pas raconté, mais la misérable marâtre devant son miroir me tourmentait et son destin atroce m'était insupportable. Elle est ici, avec les sept géantes.

Enfin, je l'ai dit, on ne touche pas à ces textes impunément. En errant dans leurs domaines, j'ai rencontré une reine dont je n'avais jamais entendu parler et qui m'a envoûtée, je crois. Elle est dans la dernière de ces histoires, elle vient de très loin et elle est très proche, et je suis sûre qu'elle n'a pas fini de me hanter, avec ses signes que je ne comprends pas toujours. Peut-être d'ailleurs la « magie » de ces contes est-elle inépuisable et n'en ai-je fini avec aucun d'entre eux. Ni moi ni personne.

Je me sépare à regret de leurs petits personnages. Ce doit être pour cela que j'ai encore écrit ces trois pages. Mais Perrault lui-même a fait beaucoup de préfaces, certaines plus longues que ses contes. Que cela soit mon excuse!

La femme de l'Ogre

La femme de l'Ogre n'aime pas préparer la chair, mais elle ne le sait pas. Lorsque l'odeur emplit la maison et qu'il n'y a plus d'air pur à respirer, une agitation lui vient. Elle tire un cuissot, le trempe dans le feu qui se met à crier, le mange, en mange un autre, se saoule de l'odeur de viande roussie. Puis la viande semble gonfler en elle, elle la sent qui presse contre les parois de son ventre. On dirait que dans les débris de cette chair sinistrée une vie épaisse et entêtée s'est reformée et remue dans le fond noir des intestins, au milieu de cette autre chair qu'elle épouvante.

Alors la femme sort dans la cour de derrière, où sont les viscères et les entrailles qu'elle a entassées près du fumier. Elle les regarde, un haut-le-cœur lui vient, elle vomit toute la viande mangée dans une secousse qui ressemble à un sanglot.

Puis elle va au puits, tire un grand seau d'eau claire, se baigne le visage, les yeux, enfin avec ses deux mains en coupe boit longuement. Elle sent l'eau fraîche glisser contre les parois irritées de son ventre. Le rouge quitte ses yeux, la nausée quitte sa gorge, le battement lourd quitte ses tempes. Elle regarde vite autour d'elle, et lorsqu'elle est sûre qu'il n'y a personne, elle soulève sa jupe et lave ses jambes, son sexe, et après, ses bras et les aisselles où il y a des poils aussi. Puis elle jette l'eau souillée, tire un autre seau et boit encore.

La femme est comme le puits maintenant. A l'intérieur, une fraîcheur silencieuse, autour le corps bien assemblé comme les pierres de la maçonnerie, et à l'extérieur le froid de la toilette qu'elle vient de faire et qui reste comme une fine pellicule de glace.

Elle rentre dans la grande cuisine. Elle peut maintenant s'affairer sur les animaux morts, rincer les plats, mettre la table. Elle ne voit ni ne sent rien, de ces choses pleines de poils, de graisse, de sang, brunes, verdâtres, vineuses, blafardes, fades ou suffocantes. Odeurs et couleurs ne tombent pas en elle, s'arrêtent comme autour d'une margelle, et elle se repose dans le fond sombre de l'eau qui ne renvoie aucune image.

Les sept petites ogresses viennent s'installer autour de la table, dans une bousculade à la taille de leur appétit. La femme les sert, calme les agitées, rassure les inquiètes, chacune aura sa part, justement calculée, de chair crue, et s'il faut tailler dans l'épaisseur pour compenser une plus grande largeur, la femme le fera, et enlèvera aussi les esquilles d'os et les nerfs. Puis elle les emmène coucher, après avoir surveillé que chacune brosse bien ses dents, après avoir elle-même gratté les gencives et enlevé les petits lambeaux de chair qui pendent entre leurs dents aiguës.

Elle les couche et redescend et nettoie leurs assiettes où traînent d'autres lambeaux de chair crue. Lorsque l'Ogre arrive, la table est de nouveau prête, avec au centre un monceau de chairs sanguinolentes, en bel édifice pyramidal. L'Ogre prend sa place, la femme la sienne, mais dans son ventre elle fait maintenant remuer l'eau du puits en toutes petites cascades onduleuses, l'Ogre mâche, craque et déglutit, elle ne l'entend pas.

– Tu ne manges pas? dit l'Ogre.

– J'ai mangé avec les enfants, dit la femme, avec un beau sourire de naïade.

Quand l'Ogre a fini de manger et fumé sa pipe, il monte dans la chambre de ses filles, pour en vérifier le nombre. Sa main passe sur chaque tête, où les cheveux, qui ne poussent plus, se dressent tout droits comme des piquants de hérisson ou des pointes de fer sur une grille. Arrivé au bout de la rangée, il crie à sa femme :

– Combien sont-elles?

– Sept, dit-elle.

– Bien, dit-il.

Puis il repasse devant la rangée des lits, mais cette fois par l'autre bout, et déverrouille à chaque fois une petite barre graduée où s'inscrit un chiffre, car les lits sont aussi des balances.

– Combien de viande? crie-t-il à sa femme.

– Ce que tu m'as dit.

– Bien, dit l'Ogre.

Et lorsqu'il a compté ses filles et vérifié le poids de viande qu'elles ont mangé, il s'étend sur son grand lit, grognant un peu à cause des cheveux qui lui ont piqué la main et, satisfait, aussitôt se met à ronfler.

La femme de l'Ogre attend encore un moment, puis lorsqu'elle est bien sûre que personne ne bouge dans cette maison où la chair obscurément, avec de petits déchirements étouffés, change d'allégeance, elle lâche la rampe de l'escalier et revient dans sa cuisine. Là, elle allume la lumière et il lui semble enfin sortir du puits profond où elle s'était repliée. La cuisine est propre, plus trace de sang, ni d'os ni de chair. Les fenêtres laissées ouvertes à l'insu de l'Ogre ont fait pénétrer l'air embaumé de la nuit. L'autre vie de la femme de l'Ogre commence.

Une douce faim s'éveille en elle. Elle sort de dessous une trappe les pommes de terre roses qu'elle fait pousser dans une clairière secrète de la forêt, ramasse dans les pots où elle les fait passer pour des plantes vertes les salades et les poireaux, et dans un vase les artichauts dont les feuilles ressemblent aux pétales d'une grosse rose irascible. Elle prépare ses légumes minutieusement et les met dans une casserole sur le fourneau. L'eau chante à petits bouillons, envoyant dans la pièce de légères vapeurs parfumées, et il lui semble que toutes ces choses se mettent en place autour d'elle, en un grand nid lâche et moelleux où elle se blottit.

Une fois les légumes cuits, elle les mange lentement avec un peu de beurre, qu'elle garde dans un petit pot marqué « crème pour le corps », et elle sent son ventre s'ouvrir et accueillir ces nourritures comme une pâte tendre qui se mêle tout de suite à lui, et lorsqu'il est comblé, il le lui fait savoir sans hoquet ni haut-le-cœur. La femme alors rassemble les épluchures et va les jeter en bordure de la forêt où elle sait que les oiseaux et toutes sortes de petites bêtes qu'elle connaît viendront les faire disparaître, puis marchant à petits pas dans le sentier où l'herbe douce calme les bruits, elle retourne à sa cuisine, s'assied sur le seuil et fume une cigarette en regardant la grande forêt pleine d'ombres qui commence à quelques mètres de la maison, et c'est ainsi qu'elle s'endort tout d'un coup, adossée au dormant, emportant la grande forêt sombre sous ses paupières qui ne se ferment jamais tout à fait. Plus tard, l'aube la réveillera et elle montera vite se mettre près de l'Ogre pour qu'il ne s'aperçoive pas de son absence.

Elle dort, mais dort-elle vraiment? La grande forêt est là tout près, devant ses yeux qui restent entrouverts. Dans cette masse obscure, des branches craquent, des cognées résonnent sur les arbres, une fuite se fait dans les sous-bois, il monte des appels, des pleurs, des cris, des loups hurlent, et puis il y a ce bruit qui se déplace depuis quelque temps dans la nuit, tantôt proche tantôt loin, comme à la recherche d'une ouverture dans ce gigantesque filet végétal, un bruit menu et obstiné, la femme de l'Ogre doit l'entendre, lorsqu'elle dort ainsi sur le seuil, elle doit l'entendre au fond de sa tête où bouge la forêt.

Deux Ogres amis sont venus dîner avec l'Ogre son mari. La femme en ces occasions n'a pas à s'asseoir à table ni à faire semblant de manger. Elle a trop à faire à servir ces géants, à déplacer les montagnes de viande, à rouler les tonneaux de sang. Les Ogres d'ailleurs ne sont pas des monstres, ils voudraient bien aider cette femme fluette à pousser ces masses trop lourdes, mais elle refuse, elle ne veut pas qu'ils s'occupent d'elle, elle ne veut pas qu'ils la voient. En fait, elle veut ne pas être là. Qu'ils ripaillent de leur côté, et qu'elle s'affaire du sien. Mais il y a autre chose, c'est qu'elle aime les entendre lorsque, entre deux empiffrements, ils parlent. Les Ogres ont des bottes de sept lieues, ils ont voyagé par le monde entier, et lorsqu'ils ne racontent pas leurs chasses immondes, c'est tout un cinéma brut et coloré qui défile dans leurs phrases. La femme de l'Ogre n'a que ses deux jambes, pas très solides, mais elle sait bien qu'au-delà de sa forêt il y a une infinité de choses, et les descriptions rudes des Ogres pénètrent en elle, raniment des souvenirs. Elle aussi un jour est allée très loin, au bord d'une grande eau bleue, qui n'était pas contenue comme dans le puits, mais s'étendait jusqu'à l'horizon, comme un bain pour toutes les créatures de la terre.

La femme de l'Ogre se souvient. Elle allait seule, tristement courbée sous un fardeau, ce qu'était le fardeau elle l'a oublié, mais elle sait bien qu'elle le portait depuis l'enfance, c'était l'hiver, on enfonçait dans les ornières, quelles ornières elle ne sait plus non plus, mais il y en avait toujours eu, la neige a commencé de tomber, la fillette ne voyait plus son chemin. Elle s'est arrêtée et s'est mise à prier. Alors presque aussitôt une forme est apparue dans le fond trouble de l'horizon, une forme toute blanche qui volait au-dessus des collines et venait vers elle dans le floconnement de la neige. « C'est un ange, s'est-elle dit, ma prière a été exaucée. »

Lorsque l'ange est arrivé près d'elle, elle a vu qu'il était très grand, avec deux yeux intenses dans son visage couvert de petits cristaux de glace. Il a pris sa main et l'a regardée attentivement.

– Tu es glacée, a-t-il dit de son étrange voix de l'au-delà.

– J'ai froid, a murmuré la fillette.

– Ton sang ne court donc pas dans tes veines? a dit l'ange.

– Mon père dit que j'ai du sang de navet.

– Du sang de quoi?

– De navet, a dit la fillette encouragée.

Elle a entendu la stupeur dans la voix de l'ange. « Il a pitié de moi », s'est-elle dit, et elle qui ne s'était jamais sentie plus que rien du tout, s'est sentie soudain très petite, ce qui était un changement énorme et lui donnait presque le vertige, mais aussi une volonté inconnue.

– Tu es pâle, ton sang est-il pâle aussi?

– Mon père dit que j'ai un teint de rave.

– De rave? fait l'ange avec répugnance.

– Oui, dit la fillette.

– Tes doigts sont maigres.

– Je ne suis qu'un sac d'os.

– Rien que des os? fait l'ange.

– Oui, dit la fillette.

– Tu es plate aussi, dit l'ange qui a soulevé un pan du mince manteau.

– Comme une feuille d'endive.

– Et ta peau est transparente.

– Comme une pelure d'oignon.

– D'oignon? fait l'ange avec une horreur croissante.

– C'est ce que tout le monde dit, assure la fillette qui maintenant invente.

Elle perçoit avec sûreté ce qui émeut l'ange, et elle ferait défiler tout le jardin de son père s'il le fallait pour qu'il continue de se soucier d'elle. Car pour poser tant de questions, il faut bien qu'il se soucie d'elle. Elle a tant de joie qu'enfin un peu de rose vient à ses joues et ses yeux se mettent à briller. L'ange, qui a la délicatesse de ses pareils, s'en aperçoit.

– Tu n'es pas si vilaine pourtant, dit-il en la regardant attentivement.

« Seulement bien sûr, personne ne voudrait te manger, ajoute-t-il du même ton pensif.

La fillette s'approche de lui et timidement touche ses grandes bottes couvertes de neige.

– Emmenez-moi au ciel, dit-elle.

– Comment? dit l'ange.

– Je voudrais aller au ciel avec vous, dit la fillette se serrant contre lui et le regardant droit dans les yeux.

– Tu n'es pas bien grosse, dit l'ange stupéfait, mais tu ne manques pas d'audace.

– Je ferai tout pour vous plaire, dit la fillette, de plus en plus emportée depuis qu'elle a étonné un ange, et qui plus est un ange de si grande taille.

– En ce cas, dit l'ange hésitant...

– Je vous en prie, dit la fillette, les bras autour de ses bottes.

– Ces choses ne se font pas, dit l'ange.

– Vous avez tout pouvoir, dit la fillette.

– Certes, dit l'ange.

– Et puis, dit-elle, personne ne nous verra.

En effet, la neige épaisse autour d'eux couvre le

chemin, charge les branches d'arbres qui s'inclinent, voile l'air, pas un bruit, pas une âme.

– Il n'y aura pas de traces, dit la fillette, puisque vous volez.

– Certes, dit l'ange en regardant ses bottes.

– Et je ne pèse pas beaucoup, dit-elle encore.

– Mais, dit l'ange, es-tu forte?

Ah, pense la fillette, il croit que j'ai peur de quitter cette terre où tout est si lourd et où tout le monde se moque de moi, il croit que je vais crier et me débattre, et lui faire des ennuis dans le ciel.

– Très forte, dit-elle en sautant sur son dos et nouant fermement ses bras autour de son cou.

L'ange vole au-dessus des collines, des forêts, des rivières. Parfois il descend et un instant effleure le sol de la pointe de sa botte, puis il s'élève aussitôt de nouveau et la fillette ferme les yeux pour ne pas avoir le vertige. La tête large de l'ange la protège, mais elle entend le vent qui fouette sur les côtés, la vitesse et la hauteur la grisent, il lui semble que sa tête s'emplit d'une matière plus légère que la neige. La nuit vient, ils s'arrêtent au coin d'un bois.

– Sommes-nous arrivés? dit la fillette, qui ne sent plus aucun poids dans son corps, qui ne sent plus de contact sous ses doigts, qui ne voit autour d'elle qu'une transparence noire aux reflets blancs.

– Non, dit-il, mais je connais une cabane près d'ici.

Dans la cabane, l'ange l'a serrée très fort, l'a enveloppée de sa chaleur, l'a pénétrée de sa force. Tout était comme elle l'avait entendu raconter aux gens de foi, même si chaque chose ne se laissait pas reconnaître aussitôt, et c'est ce grand effort pour reconnaître ce qui était si nouveau qui l'a finalement endormie.

– Réveille-toi, dit une voix rude au matin.

La fillette s'est éveillée d'un coup, et ce n'était pas comme une arrivée dans un beau rêve, mais comme au sortir d'une bataille pleine de terreur qui l'avait couverte de meurtrissures. Les ailes de l'ange n'étaient plus blanches, ni son visage ni ses bottes volantes. C'était un gros homme avec un manteau noir, des cheveux hirsutes, une barbe, et de très grosses chaussures béantes d'où montait une terrible odeur de pourriture.

C'est le diable, a pensé la fillette, et je suis punie.

– Que vas-tu me faire? dit-elle en tremblant.

– Comment? dit le diable.

– Tu vas me tuer?

– Mais, dit le diable, je t'ai bien dit que je ne te mangerai pas.

– Alors que vas-tu me faire?

– Rien de plus que cette nuit.

– Cette nuit? dit-elle.

Elle regarde ses jambes, ses bas et sa jupe, et voit qu'ils sont tachés de sang.

– En avant, dit le diable, la jetant comme un sac sur son dos.

La neige a disparu, il a fait chaud. Soudain elle a vu, en risquant un œil vers le bas, une sorte de puits énorme plein d'une eau qui bougeait, et sur le bord une multitude de corps nus jetés dans tous les sens sous le soleil ardent. « C'est l'enfer », s'est-elle dit, frappée au visage par le rougeoiement brutal des couleurs. La peau déjà lui cuisait. Lorsqu'ils se sont posés sur le sol, le sable était brûlant, les corps autour plaqués dessus comme sur un grilloir et noircis, « l'eau elle aussi bouillonne », s'est-elle dit, et lorsque le diable l'a poussée dedans, elle était déjà presque morte, tant la peur et la fatigue l'avaient éprouvée.

L'eau ne brûlait pas, elle était douce et peu profonde, et lorsqu'on n'avait plus peur de la regarder, d'un vrai bleu de vitrail. Elle ne bouillonnait pas, mais des vaguelettes venaient frétiller contre les jambes comme des goujons de ruisseau. Le diable s'était éloigné, il s'était changé en poisson cette fois et fendait l'eau à grands coups de nageoire. « Il s'en va? » s'est-elle dit, stupéfaite. Elle a regardé derrière elle, mais son regard inquiet n'arrivait pas à dépasser deux petites filles penchées l'une à côté de l'autre sur la bande mouillée de la plage, et occupées à creuser un canal. Le diable revenait, il avait à la main un poisson ventru à moustaches noires et écailles rouges.

– Je vais le faire cuire, dit la fillette avec une joie soudaine.

– Inutile, dit le diable.

Et devant ses yeux écarquillés, il a mordu droit dans le poisson qui a vite cessé de se débattre, et en cinq grandes bouchées il l'avait avalé.

– Je n'aime pas cette chair blanche, dit-il, mais ici pas d'autre solution.

Lui aussi regardait les petites filles si penchées sur leur canal qu'on ne voyait que leurs fesses, dodues et dorées. Et comme il les regardait, voilà qu'un hoquet formidable s'est mis à le secouer, il devenait tout rouge, il ne pouvait plus respirer.

La fillette a plongé la main dans sa gorge. La main et le poignet étaient si minces qu'ils passaient sans effort dans le conduit, et d'un coup elle a retiré la moustache du poisson qui s'était fichée dans l'œsophage du diable.

– Tu m'as sauvé la vie, a dit le diable.

– Tu peux donc mourir? a dit la fillette.

– Comme tout le monde, et souvent à cause de broutilles de ce genre.

– Tant mieux, a dit la fillette.

– Tant mieux quoi?

– Que tu me doives la vie.

Le diable l'a regardée avec étonnement, puis, éprouvant l'absence d'étouffement, il s'est raclé la gorge avec plaisir.

– Finalement, tu n'es pas une si mauvaise affaire, a-t-il dit.

Maintenant la femme de l'Ogre ne croit plus ni aux anges ni aux diables. Elle est bien loin de tout cela. La vie de femme de l'Ogre s'est emparée d'elle, avec cette façon invisible qu'ont les vies d'être toujours présentes, si bien que même si on le veut on ne peut se débarrasser d'elles, et qu'il faut une autre vie, plus vorace, plus rusée ou plus endurante pour faire lâcher prise à la première.

Voici ce qui se passe maintenant. L'Ogre arrive. Il pose ses grandes bottes. Il jette sur la table des demi-poitrails où les côtes sorties font de longues dents recourbées, et des cuisses surtout, des cuisses de toutes sortes, déchirées par le milieu. L'Ogre jette ces cuisses ouvertes, sanglantes, avec leur fourrure encore attachée sur les côtés, et soudain il ouvre son pantalon, sort son grand sexe d'Ogre, et l'enfonce dans la chair plissée qui le rougit aussitôt, il prend les deux cuisses à pleines mains, les serre contre son sexe et les écarte, les os craquent, il pousse des râles à chaque aller et retour de cette tenaille, sa femme ne peut partir et doit le regarder, mais la bête morte ne lui donne pas ce qu'il veut, il a apporté des cuisses de biche, des cuisses de truie, leur vagin froid et flasque ne lui est rien. D'un coup sec il retourne sa proie du côté du ventre, ses bras lèvent très haut les cuisses comme s'ils tendaient un drapeau puis les abaissent brutalement, dans les viscères éclatées il s'enfonce, il écarte et ramène les cuisses désarticulées, les os brisés déchirent son membre, il hurle la tête tendue devant lui, et il semble que c'est la voix même de la bête écartelée qui traverse son corps et monte en un appel exaspéré vers le dieu insondable de la chair. Mais il n'est pas satisfait.

Un jour, il rapporte un arrière-train de vache et la femme regarde avec horreur les grandes cuisses blanches tachées de sang et de bouse, il fait venir sa femme, il la jette sur la moitié de la vache, il rebrousse la jupe et saisit les cuisses minces, la femme tremble, un jour sans le savoir il les écartera brutalement elles aussi, et les craquera d'un coup sec, le ventre se déchirera, il la retournera et s'enfoncera dans ses entrailles giclant au jour, l'Ogre ne trouve pas satisfaction en elle non plus, son corps est trop infime. Il amène un taureau vif encore, l'attache par les quatre pattes aux quatre coins de la cuisine, plante sa femme sur le sexe du taureau, les spasmes, les mugissements, les torsions de la bête l'affolent, il lui casse les cornes, pousse son sexe dans ses yeux, se traîne sur la peau grossière, sa femme est toute blanche au milieu du ventre noir, il bave vers elle, il crie « le dernier retranchement, le dernier retranchement! », ce n'est pas encore assez, il se jette à quatre pattes et plonge ses dents dans la chair vive de la bête, aux coins tendus des membres, la maison entière tremble des ruades d'agonie, et la femme au milieu du corps qui se démembre sent qu'elle perd la tête, le sexe monstrueux glisse entre ses cuisses pâles, elle ne sait à quoi se retenir.

– Arrête, crie-t-elle soudain.

Arrête, arrête, crie sa voix. L'Ogre lève la tête, un instant son regard rencontre celui de la femme.

– Là, fait-elle aussitôt.

En haut de l'escalier, les sept petites ogresses dans leur robe de nuit blanche sont massées les unes sur les autres et regardent leur mère nue au milieu de la bête noire et leur père à quatre pattes, son sexe à la main et sa bouche emplie de chair. Les sept petites ogresses observent le carnage, mais il n'y a ni peur ni répulsion sur leur visage, leurs yeux brillent.

– Allez vous coucher! crie-t-il d'une voix terrible, et les ogrelettes reculent à regret et disparaissent.

Alors l'Ogre calmé retire sa femme de dessus le taureau, l'étend poliment par terre, finit son œuvre en elle en un spasme modeste, puis il se rhabille, et joyeux il appelle ses enfants et leur montre avec soin les parties de la bête, avec le nom, le goût, l'odeur, les interroge toutes les sept et lorsqu'elles ont bien répondu, il leur permet de se jeter sur la masse soubresautante avec leurs dents pointues d'ogresses, leurs dizaines de petites dents pointues.

– Mettez vos serviettes ! crie la mère.

Mais elles n'obéissent pas.

– Prenez vos couverts !

Mais elles jettent un coup d'œil sur leur père et voient qu'il rit, et elles n'ont cure des conseils de la femme.

– Pas de si grosses bouchées ! crie la mère qui s'angoisse, et les petites se jettent encore plus goulûment sur la bête qui a enfin fini de mourir.

– Mâchez ! dit la mère.

Nul ne l'écoute.

– Elles vont s'étrangler ! supplie-t-elle vers l'Ogre.

Les ogresses, sentant la faiblesse de leur mère, continuent de plus belle. Au pied de l'escalier, la femme se lamente. L'Ogre enfin condescend à l'entendre.

– Allez avec votre mère maintenant, dit-il.

Et la femme les emmène au puits et les lave l'une après l'autre, lave en pleurant leurs petites bouches de lamproie qui déchiquettent si vivement la chair. Elle leur parle, leur explique que leurs dents aiguës blessent et font souffrir, mais les ogrelettes rient, elles ne comprennent pas les discours de leur mère et se moquent d'elle, elles sont excitées et joyeuses. Lorsqu'elles sont propres, leur mère leur passe à chacune une chemise blanche où se voient encore les plis anguleux du repassage, les enfants se laissent faire, et maintenant leur mère les voit toutes les sept, claires et nettes au milieu des seaux qui luisent doucement sous la lune, leurs petits pieds tout blancs dans la rosée du soir sur l'herbe, elle voit leurs joues rondes, leurs lèvres roses, leur air de santé, une porte se ferme en elle sur les images sanglantes, comme si celles-ci appartenaient à un autre temps, à une autre vie, elle embrasse les enfants avec douceur, et lorsqu'elles sont toutes au lit, entreprend de leur raconter un conte.

– Il était une fois une petite fille de village. Sa mère et sa mère-grand, qui en étaient folles, lui avaient fait faire un petit chaperon rouge...

– Rouge comment? s'écrient les ogrelettes.

– Coquelicot, dit la mère pensant aux bords des chemins et aux fleurs qu'elle aime.

– Non! disent les enfants.

– Fraise, dit la mère pensant aux surprises de ses promenades dans les champs.

– Non! crient les enfants.

– Tomate, dit la mère voyant ses plantations secrètes dans la clairière.

– Horreur! crient les enfants pour qui la tomate est comme les épinards pour d'autres.

– Cerise, dit la mère regardant à la fenêtre le rideau imprimé de petites taches roses.

– Ridicule! crient les enfants, presque étranglées de rire.

Et comme la femme égarée se tait un instant, les enfants aussitôt se mettent à crier :

– Sang de bœuf, sang de taureau, sang de bœuf, sang de taureau.

La femme soupire et reprend son récit.

– Sa mère et sa mère-grand lui avaient fait faire un petit chaperon rouge sang. Un jour, sa mère ayant cuit et fait des galettes...

– Pouah, pouah, crient les enfants.

– Quoi? dit la mère.

– Pas des galettes, pas des galettes.

– Quoi? dit la mère.

– Des belettes, des belettes.

– Ah, soupire la mère.

– Attrapé et dépouillé, disent les enfants.

– Un jour donc, sa mère ayant attrapé et dépouillé des belettes, lui dit : « Va voir comment se porte ta mère-grand et porte-lui cette belette et ce petit pot avec le cœur. »

– Bien, bien! applaudissent les enfants.

La femme, heureuse de voir leurs visages illuminés, continue :

– En passant dans le bois, elle rencontra Compère le Loup, qui eut bien envie de la manger.

– Non! crient les enfants.

– Quoi encore? dit la mère.

– Compère le Loup, qu'elle eut bien envie de manger! crient les enfants, debout d'excitation dans leur lit.

– Assises, dit la mère, ou je ne continue pas.

Les enfants se rassoient et elle continue.

– Elle rencontra Compère le Loup qu'elle eut bien envie de manger, mais il n'osa pas...

– Mais elle n'osa pas...

– Mais elle n'osa pas.

– A cause de quoi? crie l'une des ogresses.

– A cause de quelques bûcherons qui se trouvaient là, répond l'une.

– A cause de sa mère-grand qui l'attendait, dit une autre.

– A cause de sa mère qui l'avait défendu, dit la plus jeune.

– Qu'elle les mange tous alors! crie la voix stridente de l'aînée.

A ces mots, les ogresses regardent leur mère, leurs petits yeux ronds et opaques sont posés sur sa peau tendre, sur son cou chiffonné, sur ses seins que l'on voit parce que la lune rend transparent son corsage, sur ses bras meurtris par le taureau. Les enfants se taisent et leurs yeux fixes ne bougent pas.

La mère, troublée, murmure :

– Il ne faut pas manger les loups.

Puis aussitôt, inquiète, elle reprend :

– Il ne faut pas se laisser manger par les loups.

Puis, perdue :

– Il faut manger ce que l'on doit.

La mère sent que des chemins familiers se mêlent dans sa tête, elle ne sait plus quelle direction prendre, des peurs la guettent de tous côtés, les yeux des ogresses sont comme des pastilles immobiles collées sur sa peau, une grande fatigue lui vient, pour un peu elle se laisserait glisser sur le sol, abandonnant tout, s'abandonnant à tout ce qui pourrait arriver, avec effort elle reprend le conte.

– La petite fille s'en alla par le chemin le plus long, s'amusant à cueillir des noisettes...

– Des fauvettes, disent les ogresses.

– S'amusant à cueillir des fauvettes, et courir après des papillons...

– Après des hérissons, disent les ogresses.

– Et à faire des bouquets des petites fleurs qu'elle rencontrait...

– Et à faire des bouillies des petites limaces qu'elle rencontrait.

– Le loup ne fut pas longtemps à arriver à la maison de la mère-grand.

– Erreur, dit l'aînée, elle est arrivée avant lui, et vous savez pourquoi, mes sœurs?

– Parce qu'elle avait pris les bottes de l'Ogre, répondent les autres.

– Bravo, dit la plus jeune enthousiasmée, et elles se mettent touttes à applaudir.

La mère les voit si gaies, assises dans leur lit et battant des mains comme le font les enfants. Sa lassitude s'éloigne, un peu de joie lui revient, une joie usée et lacérée comme une vieille illusion mais qu'elle n'a jamais jetée pour de bon et qui revient maintenant l'envelopper, faisant usage une fois de plus, le temps d'un moment. Elle veut raconter un conte à ses enfants, elle veut avec une endurance increvable être là dans cette chambre où sont alignés sept petits lits, et parler doucement dans la clarté diffuse de la lune tandis que le rideau bouge doucement à la fenêtre devant l'ombre du cerisier et que la pièce se dilate et se resserre au rythme de toutes ces petites respirations attentives, comme une grande poitrine chaude qui les porte toutes, elle et ses enfants.

– Je reprends, dit-elle. La petite fille, arrivée la première, raconta sa rencontre à sa mère-grand. « Mets ta belette, tes fauvettes, tes hérissons et tes limaces sur le seuil pour que le loup les mange, dit la mère-grand, ainsi il n'aura plus faim et s'en ira. »

– Non, non, crient les ogresses.

– Je ne comprends pas, dit la mère.

– Elle veut manger le loup, murmure la plus jeune.

– Et le manger bien gras, crie l'aînée.

– J'avais oublié, dit la mère.

– Vas-y, vas-y, disent les ogresses.

– Oui, dit la mère. La petite fille se mit dans le lit avec sa mère-grand et lorsque le loup arriva, elle se jeta sur lui.

– Non, non, crient les enfants.

– Ce n'est pas cela? dit la mère, hagarde.

– Les détails, les détails, disent les enfants.

– Je vais raconter, dit l'aînée. Le loup ayant mangé tout ce qu'il y avait sur le seuil et se sentant l'appétit bien ouvert, vint se mettre dans le lit près du petit Chaperon rouge déguisé en grand-mère. Il fut bien étonné de voir comme cette mère-grand était faite en son déshabillé. « Mère-grand, lui dit-il, quel joli fard sur vos yeux! »

– C'est pour te séduire, petit loup, crient aussitôt toutes les sœurs moins la plus jeune.

– Et quel joli rouge sur vos lèvres!

– C'est pour t'embrasser, petit loup.

– Et quels jolis bras!

– C'est pour te serrer, petit loup.

– Et quels jolis seins!

– C'est pour t'exciter, petit loup.

– Taisez-vous, dit la mère, il est temps de se coucher et voici la fin du conte. « Mère-grand, dit le loup, que vous avez de jolies dents pointues.

– C'est pour mieux te manger, petit loup », et disant ces mots cette méchante petite fille se jeta sur le pauvre petit loup et le dévora.

Les ogresses sont très mécontentes de cette fin, mais ne sachant expliquer pourquoi, elles se laissent mettre au lit. Leur mère remet bien droit les pointes de leurs cheveux qui se sont courbées pendant le récit, tire le rideau sur la lune et s'en va, froide et sans pensées.

L'Ogre arrive à son tour dans la chambre des ogresses.

– Combien? dit-il.

– Sept, dit-elle, appuyée à la rampe de l'escalier.

– Bien, dit l'Ogre.

Le taureau entier qu'il a mangé la veille l'a calmé. Il ne pense même plus à regarder les barres graduées, il appelle sa femme et se couche. Le taureau l'a calmé et il ne voudra d'elle ce soir que ses cuisses minces qu'il ouvrira sans violence. Il monte sur elle et s'agite sans folie. L'Ogre est si grand, la femme ne sent pas la fin de son corps. Elle ne touche pas les pieds, et elle ne voit pas la tête, qui est loin au-delà d'elle, frottant et heurtant le mur, comme dans une affaire séparée en une langue inconnue d'elle. Sa tête à elle est contre les côtes et elle cherche l'espace le plus souple entre les os pour nicher son visage et lui trouver un peu d'air. De l'Ogre, elle ne connaît que le bas des côtes qui presse contre son front, que l'estomac qui presse contre ses oreilles et où elle entend les échos étouffés de la lutte des chairs mortes, que les cuisses énormes qui paralysent les siennes et lui donnent d'interminables crampes, que le sexe qui n'est pas trop grand heureusement et remue en elle sans qu'elle le sente, comme une absence tantôt caoutchouteuse, tantôt velue et visqueuse. La tête de l'Ogre surtout est si loin de la sienne, et ce qu'il fait si loin de ce qui pourrait être bon pour elle! Si loin qu'elle n'en sent jamais le commencement, jamais même la possibilité d'un commencement.

Lorsqu'il a fini, quelques instants parfois, son air s'adoucit, la femme remonte près de la tête, écarte les mèches pleines de sueur.

– Laisse-moi au moins cuire la chair, dit-elle.

– Je ne peux pas, dit-il.

– Pourquoi?

– J'ai besoin de cru, autrement...

– Autrement? dit la femme.

– Autrement la faim est un mur compact, une grisaille en filasse, une maladie sèche, un grincement répétitif, qui rend fou.

– Oui, dit la femme.

– J'ai besoin de la chair qui crie, la faim me revient dans une grande bouffée et je m'emplis de ce qu'il me faut.

– Oui, dit la femme.

– Le mur s'ouvre, ce qui est sec et gris et grinçant éclate d'un coup, je m'emplis de ce qu'il me faut.

La femme continue de lisser les paquets de mèches, mais elle sait qu'elle ne doit pas dire une parole, pas rencontrer ses yeux, sinon l'Ogre se dressera, mauvais, et elle verra ce regard qu'il a lorsqu'il rapporte les bêtes.

Ce soir pourtant, il continue, il parle.

– Même les bêtes, dit-il... Leur chair est morne,

elles ne me comprennent pas. Elles ne peuvent pas partager avec moi, elles ne sont pas avec moi. Bientôt il faudra, il faudra...

La femme, épouvantée, éteint la lumière.

– Dormons, dit-elle.

Dans la nuit, la fenêtre d'abord opaque petit à petit devient transparente. Dans la pâleur, on aperçoit la grande forêt derrière. La femme emporte la grande forêt dans ses yeux toujours à demi ouverts et, pendant qu'elle dort, le petit bruit qui depuis quelque temps tourne, tantôt proche tantôt loin, revient plus fort. On entend des branchettes qui se brisent, des feuilles froissées, des ronces qui crissent, quelque chose de menu et très obstiné qui se déplace autour, cherche à sortir de cette grande forêt, cherche à entrer dans sa tête.

La femme fait un rêve. La rue est déserte, elle est seule, assise sur le bord du trottoir. Du fond de la rue, une petite fille très petite arrive, presque un bébé. Un mur assez haut longe le trottoir et de l'autre côté du mur, en contrebas, la femme sait qu'il y a une saillie couverte d'herbes abandonnées et de fleurs sauvages. La saillie n'est pas très large, au-delà il n'y a rien, le ciel, le vide. Soudain la petite fille s'échappe et saute sur le mur. Elle a déjà passé une jambe de l'autre côté. La femme ne comprend pas que personne ne se précipite, qu'elle-même ne bouge pas. Mais elle ne peut détacher son regard de ce qui se passe. L'enfant montre dans son corps le retournement habile du serpent, la maîtrise d'un fauve bien entraîné et soudain, comme le corps entier va basculer, le visage soudain se lève. La femme reçoit ce visage dans un grand choc. L'enfant n'est pas au jeu, elle sait ce qu'elle fait, ses yeux de bébé sont pleins de sûreté et de violence. Ce regard pénètre instantanément la femme, comme si elle n'avait été sur le trottoir qu'une forme floue faite de vapeur, mais elle ne sait de quoi il l'emplit. Oh ce visage d'enfant sur le mur et le glissement de cette jambe si petite! Puis il n'y a plus rien. La femme guette le bruit mat d'une chute sur l'herbe de la saillie, mais rien ne vient, et elle attend longtemps, son cœur serré répétant la même interrogation : « Il y avait bien une saillie, il y avait bien une saillie? »

Elle s'éveille dans l'attente de ce bruit, dans l'angoisse du vide où ce bruit ne vient pas. Et soudain elle entend un craquement très léger devant la maison. Sa peau se hérisse, il lui semble que son rêve a sauté sur une autre trajectoire, que la chute s'est faite dans le gouffre de l'autre côté de la saillie et que maintenant, quelque chose, ce qui a survécu de ce bruit qu'elle n'a pas entendu, gratte doucement la pellicule de silence et d'obscurité autour de la maison, autour de son sommeil.

Elle descend, tremblante, dans sa cuisine, va jusqu'à la porte et l'ouvre d'un coup. Il n'y a sur le seuil qu'un très petit garçon, à peine vêtu, qui tremble de tous ses membres.

– Je veux entrer, dit-il.

La femme le regarde, saisie.

– Je suis perdu, dit-il encore. Mes frères et moi avons froid. Laissez-nous entrer.

– Malheureux, murmure la femme, ne sais-tu pas que c'est ici la maison de l'Ogre?

– Les loups nous mangeront aussi, chuchote le petit garçon, laissez-nous entrer.

Ils argumentent, le petit garçon transi de froid et la femme transie de peur. Il ne veut pas reculer vers la forêt et elle ne peut pas reculer dans sa maison. Ils marchent dans le jardin, dans le sentier, de long en large à la lisière de la forêt. Jamais la femme n'a connu être si obstiné et raisonneur. Elle oublie sa peur.

– Les loups, c'est la mort, dit-il.

– L'Ogre aussi, c'est la mort, dit-elle.

– Les loups, c'est la mort brute, mes cris qui se perdront dans des poils rêches, des babines, des griffes noires et sales. Il n'y a rien de plus bête que ces choses, il n'y a rien de plus affreux que mes cris se noyant dans la chair bête.

La femme écoute passionnément.

– Quelle différence avec l'Ogre? dit-elle, oubliant qu'il est son époux, oubliant qu'il est dans son lit, oubliant qu'il est là tout près dans la maison.

– Ses yeux me regarderont, ils me renverront mes cris augmentés de quelque chose. L'Ogre me comprendra, nous serons deux dans ma mort, il y aura un partage.

– C'est étrange, dit la femme, l'Ogre aussi a dit cela.

– Tu vois, dit-il, ce sera mieux qu'avec les loups.

– Ce sera pire, dit la femme qui ne sait d'où lui

viennent tant de phrases, car tu voudras le supplier.

– Je vous supplierai, vous, dit-il. Vous me défendrez, je le sais.

– Je ne pourrai rien faire, dit la femme, et mon cœur se brisera de chagrin.

– Nous avons été abandonnés, dit-il. Je penserai que vous souffrez pour moi et j'aurai cette douceur. Avec les loups, je n'aurai que la douleur et la bêtise.

– Tu veux donc que je souffre? dit la femme.

– Peut-être en as-tu besoin, dit le petit garçon. Depuis combien de temps vis-tu ici?

– Depuis longtemps, murmure la femme.

Elle voit l'enfant de son rêve au moment où les jambes glissent de l'autre côté du mur, avec ce visage qui se tourne vers elle et ces yeux emplis de quelque chose qu'elle ne comprend pas. Une violence lui vient.

– Pourquoi es-tu venu ici? crie-t-elle.

– A cause des loups, dit-il.

– Il n'y a plus de loups, crie-t-elle.

– Et toi, pourquoi cries-tu?

– Parce que tu es là, dit la femme.

– Mais je suis là parce que tu es là, dit-il.

Ils marchent de plus en plus vite en bordure de la forêt, aller et retour précipités, la femme est tout entière dans cette querelle qui va et vient autour d'eux, fait des boucles et des nœuds, et les enlace si bien qu'ils ne songent pas à s'en défaire. Ils marchent, pris dans leur querelle, ils parlent de plus en plus fort, si fort qu'ils n'entendent rien autour d'eux, rien de ce qui se passe au même moment, de l'autre côté du jardin, dans la maison.

Les six frères de Poucet sont entrés dans la maison. Ils avaient froid, ils n'en pouvaient plus d'attendre, leur cadet parlementait et ne revenait pas. Ils sont entrés, ont grimpé les escaliers les uns derrière les autres. Guidés par la chaleur, ils ont trouvé la chambre des ogresses, ils se sont glissés chacun dans un lit, sans réfléchir, sans ôter leurs habits, tant ils étaient glacés et fatigués.

L'Ogre dans son lit dort mal. Il a trop parlé ce soir et ses paroles lui ont troublé le cerveau comme un vin mauvais. Il s'éveille dans un nuage d'orage, électrique et noir, aussitôt il sent la chair fraîche, la présence d'une chair très vive et embaumée des effluves du dehors. Il se lève en titubant lourdement, suit l'odeur dans la chambre des ogresses. Les garçons entendent cet ébranlement du sol, qui fait comme les arbres s'abattant dans la forêt. Vite, ils se glissent sous les lits et attendent sans respirer. L'Ogre est dans la chambre, il se penche sur ses filles, il sent dans leurs draps, sur leur peau l'odeur qui l'affole.

– Levez-vous, crie-t-il.

Les ogrelettes, saisies dans leur sommeil, se dressent comme de petits serpents. Elles aussi sentent l'odeur et une excitation les parcourt, elles se rejoignent, se reniflent les unes les autres, leurs yeux brillent dans la nuit, on dirait un paquet de chacals. L'Ogre pose ses grosses mains sur elles, se penche lui aussi pour sentir, elles se retournent d'un coup et lui mordent la main de leurs petites dents pointues. L'Ogre gronde.

Les petits garçons, pendant ce tumulte, se sont enfuis en rampant dans le noir. Ils ont trouvé un autre nid de chaleur. Ils sont dans le grand lit de l'Ogre maintenant, tapis et serrés les uns contre les autres, moitié endormis moitié éveillés, ils guettent les grondements et sifflements de l'autre côté de l'escalier.

L'Ogre a retiré sa main ensanglantée, il recule en grognant, retourne à sa chambre. La horde des ogresses le suit, elles sentent l'odeur violente dans le lit où leur père s'est recouché, elles tournent autour de lui en reniflant, elles grimpent sur lui et leurs petites dents pointues sont sorties et brillent comme des rasoirs.

Les petits garçons, qui s'étaient jetés sous le lit, fuient maintenant vers l'autre chambre, à plat ventre comme des petites bêtes. Les ogresses et l'Ogre vont d'une chambre à l'autre, retrouvant à chaque fois l'odeur plus forte, ils tournent les uns autour des autres, les petites dents s'enfoncent de plus en plus fort, les mains de l'Ogre serrent au hasard, du sang coule, des os craquent, l'odeur qui circule les affole, les enrage, ils ne voient plus, les ogresses sont sur leur père comme une meute, il secoue ses énormes bras et mord à droite, à gauche, écrase et déchire. Lorsque les bruits se taisent et que les petits garçons enfin osent bouger, il n'y a plus qu'un monceau confus tout emmêlé entre les deux chambres, en haut de l'escalier. Ils descendent les marches et viennent se mettre dans la cuisine, près de la cheminée où il y a encore un peu de chaleur, et puis ils s'endorment, dans le calme enfin, avec le parfum de la forêt qui vient vers eux par la porte restée ouverte.

Lorsque la femme revient, argumentant toujours avec Poucet, elle voit les six frères couchés là et dormant.

– Tu vois, dit Poucet, il ne s'est rien passé.

– Tu as gagné, dit la femme, couche-toi près d'eux.

Puis elle va sur le seuil comme elle en a l'habitude, et reste assise là toute droite, sa pensée à l'intérieur d'elle-même compacte comme un monolithe, comme si le monde venait de changer et qu'il n'y avait pas place encore pour des pensées multiples et bruissantes. Quand à l'aube Poucet et ses frères sont partis, c'est à peine si elle a bougé. Elle est restée seule dans la maison, avec les cadavres qu'elle n'a pas encore vus.

La femme a toute la maison à elle. Les premiers jours elle va et vient. Elle pense aux ogrelettes dans leur petite chemise blanche près du puits et elle pleure. Elle pense à leurs dents pointues et aux lambeaux qui pendaient entre leurs lèvres roses et ses pleurs s'arrêtent. Et l'Ogre? Le souvenir de lui ne fait qu'un grand trou noir où disparaissent les pensées. Ils sont sous terre maintenant, personne au village ne se plaint plus d'eux, leur statut de morts enterrés les a rendus semblables à tous, on peut les oublier désormais. Au cimetière, la grande tombe et les sept petites sont allongées avec la même soumission que toutes les autres. On dit que les cheveux des ogrelettes ont poussé à travers la terre et que ce sont maintenant ces buissons aigus qui font broussaille contre le mur derrière, la femme est venue longtemps redresser ces piquants pour qu'ils fassent une couronne droite à la tête des tombes, mais un jour elle n'y a plus reconnu des cheveux d'enfant et elle les a laissés à leur désordre.

La femme ne vomit plus. Elle a vu en ville des revues avec des animaux et des fouets et des instruments de cuir et des vampires, elle est rentrée chez elle et depuis il lui arrive de rire, de rire soudain à mi-chemin de l'escalier, elle rit en pensant à ces magazines, à ses souvenirs qui viennent se ranger entre les pages, faisant pâlir les images à côté. Au milieu de sa cuisine, elle soulève sa jupe et regarde ses longues cuisses blanches qui n'ont plus ni marbrures ni crampes. Elle a vendu les saloirs, les hachoirs, les abattoirs, elle a vendu les fusils, les crochets, et les grandes jarres imprégnées de taches brunes indélébiles. Son jardin s'est empli de beaux plants verts et de fruits qui poussent au grand jour, son estomac va mieux, elle parle peu. Des journaux viennent chez elle, tous les journaux qui peuvent arriver au village, elle lit sans cesse. Les massacres, les carnages, les tueries, et puis les crimes, les tortures dans les caves, les villas piégées, les tireurs fous, les explosions, et puis les enfants, les enfants brûlés, tirés comme des pigeons, violés, découpés, et les enfants arme au poing et uniforme, et les enfants en bandes avec des chaînes. La femme de l'Ogre découpe des colonnes, les colle sur de grandes feuilles de papier carton, elle dresse ses feuilles ici ou là chez elle, n'importe où puisque personne ne vient, et à un moment ou un autre, tombe en arrêt devant l'une d'elles, tombe en rêverie, en souci, en oubli.

Des jours passent. Un matin, la femme de l'Ogre ouvre un placard et voit les grandes bottes de l'Ogre qui sont restées là. Elle se retourne. Par les fenêtres presque toujours ouvertes maintenant, elle voit au-delà du jardin la grande forêt tirée comme un large trait noir sur le ciel clair et vide. Comme il y a bien longtemps, elle revient s'asseoir sur le seuil de la cuisine. La nuit descend. L'enchevêtrement obscur de la forêt enlace solidement son regard, et quand elle s'endort, par ses yeux demi-ouverts pénètrent les branches, les ramures, les feuilles, et dans le fond de son sommeil, un bruit menu commence à se déplacer.

Le lendemain, la femme retourne au placard, elle sort les bottes et glisse ses pieds dedans. Aussitôt les bottes, qui sont fées, viennent contre sa peau, tâtonnant le long des orteils, des talons, de la cheville, puis trouvent leurs marques et s'arrêtent sur un contour qui est celui des nouveaux pieds de la femme de l'Ogre.

Elle sort. Elle fait un pas et la voilà déjà à l'autre bout de son jardin, un autre pas, et là voilà à la lisière de la forêt. Alors la femme de l'Ogre respire très fort, redresse ses épaules timides, bande ses cuisses minces, et soudain elle s'enlève d'un grand bond par-dessus la forêt.

Elle vole, vole sur la forêt dans ses bottes de sept lieues. Dans le sous-bois obscur, Poucet encore une fois erre, suivi de ses six frères geignant, toujours empêtrés par les racines, et le désir chimérique de revenir à leurs parents, et la peur névrotique des loups. Poucet les laisse dire. Il a bien autre chose en tête, une seule répétition a suffi à défaire les morceaux de son ancien univers. Un autre abandon venant sur le premier, une autre marche recommençant la première entre les énormes troncs noirs dans les craquements qui semblent éclater sous la peau comme si des organes inconnus s'y brisaient, envoyant des sons jamais entendus le long des nerfs, au lieu d'imprimer Poucet sur l'humus de la forêt, au contraire l'en ont détaché à jamais. Il ne veut pas revenir en arrière, mais où aller, et que faire des six plaintifs qui le retardent?

Poucet grimpe en haut d'un arbre, il scrute les cimes et les ravins, et voilà qu'il aperçoit dans le fond trouble de l'air une forme qui semble voler vers lui. Son cœur bat fort, il fait de grands signes sur sa branche, il crie et se démène, oh qu'elle le voit et vienne, et il saura bien la retenir.

Elle l'a vu, en deux pas elle est près de lui, il a grandi, elle n'est plus la même, ils se reconnaissent avec vigueur.

– Je t'emmène, dit-elle.

– Il y a les autres, dit-il, montrant les six pleurards assis en cercle sous l'arbre.

La femme de l'Ogre se penche, écarte deux ou trois branches.

– C'est toi que je veux, pas eux, dit-elle.

Comme elle a changé, pense Poucet, et il l'admire tant qu'il voudrait sur-le-champ sauter dans la poche de son corsage et n'en plus bouger.

– Ce sont mes frères, dit-il à regret, et ils ne savent pas se débrouiller.

La femme de l'Ogre sort un paquet de son sac.

– Il y a là tout ce qu'il faut, dit-elle en le jetant entre les branches. Partons.

– Bien, dit Poucet.

Il écoute encore le bruit du paquet qui tombe et les voix de ses frères qui hurlent comme des chiots à la lune, puis il saute dans la grande poche du corsage de la femme et les voilà partis par-dessus la grande forêt, dans l'air pâle qui graduellement s'éclaircit, s'illumine, flambe.

Poucet, dans la poche, ne bouge guère. Parfois il pose tout doucement la tête sur le sein de la femme. La femme sent cette pression sur son sein, en même temps elle sent la vivacité de la course dans ses jambes, et le rayonnement du soleil sur ses joues. Comme la tête de son amant est près de son cœur, comme la course est rapide, et la terre vaste et ouverte!

Ils s'arrêtent le soir dans un champ de trèfle, Poucet sort de la poche, détend ses membres recroquevillés, mais il ne quitte pas le corps de la femme, il se met dans l'autre poche, sur l'autre sein où il pose sa tête, et la chaleur irradie doucement dans le corps de la femme. Ils dorment ainsi. Le lendemain Poucet passera dans la grande poche de la jupe, il étendra ses jambes dans le creux de la cuisse, il posera sa tête et ses bras bien écartés contre le ventre bombé de la femme. Le soir il se mettra de l'autre côté, et la chaleur dans le corps de la femme ne cesse d'augmenter.

Ils traversent des lieux, campent ici ou là, sautent des frontières, visitent et se promènent, toujours l'un sur l'autre. Poucet est passé sur le dos, d'une épaule à l'autre, d'une fesse à l'autre, il s'est tenu dans le creux des reins, sous les aisselles, à la saignée des bras, il sent la sueur qui ruisselle autour de lui, et le corps de la femme doucement continue de s'échauffer. Un soir, ils sont arrivés dans une vaste ville, étendue sur un fleuve. Le fleuve faisait une boucle en plein centre, et c'était une place pleine de jardins avec des ponts partant en étoile et au fond un hôtel tout ocellé de lumières et entouré de drapeaux multicolores frémissant dans la brise. La place ressemblait à un grand papillon au cœur de la ville et la femme s'est posée sur son dos. Ils ont une chambre dans l'hôtel brillant, avec une baie qui donne sur le fleuve à l'endroit où il s'écarte en deux branches. Poucet a cherché le corps de la femme, là où il ne pouvait atteindre lorsqu'ils volaient sur les campagnes portés par les bottes de sept lieues. Il s'est mis entre ses deux jambes qu'il a écartées doucement, il a écarté les grandes lèvres violettes et s'est couché au centre dans le lit humide et odorant, sa tête sur le petit oreiller du haut et ses bras étendus dans la fourrure. La fenêtre était grande ouverte, et l'eau de la rivière coulait avec un bruit régulier et fort. Ils sont restés longtemps ainsi, jusqu'à ce que toute la chaleur dispersée, oubliée, éteinte dans le corps de la femme soit remontée à la surface, se soit rassemblée en un faisceau compact et vibrant, alors Poucet s'est mis à bouger, suivant les ondes de force de ce cône qui hésitait, se déplaçait. Dans l'obscur sous-bois de son corps, la femme de l'Ogre a entendu ce bruit menu comme un glissement entre les feuilles et les branches, elle l'a suivi, et toute la force contenue en son corps est montée dans le cône vibrant et a brusquement éclaté, entraînant ses peines, ses souvenirs, ses peurs, entraînant toutes les lianes et ronces et les écorces mortes, coulant comme le grand fleuve dehors, moiré et ondoyant au milieu de la ville.

Elle dort, et Poucet qui a fait jouir cette femme si grande et belle et forte se transforme. Il sent qu'il grandit d'instant en instant. Plus rien ne l'abandonnera. Il pense à ses frères qui sans doute se suivent encore à la queue leu leu dans quelque ravine sans ciel, il pense à la ville avec ce grand fleuve qu'il voit par la fenêtre, et sa faim ancienne, dure et toujours au tourment, se transforme en lui, se répand dans son corps comme une eau fine et docile avec laquelle il mangera par grandes tranches sucrées le paysage qui attend pendant qu'il repose.

La tête de Poucet est contre la tête de la femme, et ses pieds contre les siens. La femme rêve qu'elle est sur le dos du monde, lequel est un grand papillon duveteux et multicolore, voletant à travers l'espace, dont il est le roi.

Les bottes de sept lieues, qui sont fées, se trouvant sous les pattes d'un moustique passant là par hasard, se sont aussitôt mises à cette modeste mesure et éclipsées avec l'être infime, évanouies dans l'air comme une simple illusion de l'œil ébloui.

Cendron

Il était une fois une veuve qui épousa en secondes noces le gentilhomme le plus frivole et le plus hautain qu'on eût jamais vu. Il avait deux fils aussi frivoles que lui, de peu de constance à l'étude, ne rêvant que jabots de dentelle, soupers fins et conquêtes sans lendemain. La veuve aussi avait un fils, qu'elle aimait tendrement. Mais celui-ci était d'un maintien tranquille et d'un air réfléchi qui le firent bientôt haïr de ses frères.

– Mon frère, que pensez-vous de cette nouvelle chemise? Elle vient d'Amérique, lui demandait le premier.

Le jeune homme regardait la chemise, et pour ne point froisser son frère, disait :

– Elle me paraît fort bonne.

– Mais encore?

Embarrassé, le jeune homme cherchait quelle qualité particulière pouvait avoir l'objet tant admiré de son parent.

– Eh bien, dit-il enfin, elle est de drap plus solide et de coupe plus sensée que vos chemises à jabot, elle vous fera plus d'usage et résistera aux travaux des champs.

A ces mots, les deux frères ne purent se retenir de rire.

– Que voilà bien vos compliments, dit le second, qui se soucie qu'elle dure et soit sensée! Quant aux travaux des champs, c'est votre affaire et non la nôtre, il ferait beau voir que nous allions crotter nos beaux habits dans ces champs affreux où vous vous complaisez.

Le jeune homme aurait pu faire remarquer qu'il ne se complaisait pas plus qu'eux à ces boueux travaux, et que ce n'était que par leur incurie et leur paresse qu'il se trouvait ainsi cruellement éloigné des douceurs du foyer. Mais il était sage et ne voulait point causer de tort à sa mère à qui ce deuxième mariage, si inférieur en tout point à sa première union, causait un chagrin qui l'éprouvait fort, encore qu'elle le gardât secret.

– Qu'admirez-vous alors en vos chemises? demanda-t-il bonnement, car s'il n'était point méchant, il ne laissait pas d'avoir un certain esprit d'humour et de pénétration, que ses frères, trop assotés d'eux-mêmes et de leurs rubans, étaient bien loin de deviner.

– Mais c'est qu'elles viennent d'Amérique, répondirent-ils avec mépris, et que les meilleures boutiques n'en ont plus assez tant on se les arrache. Etes-vous bien niais, notre pauvre frère, de ne point savoir ces choses!

Or il arriva dans le pays une grande disette, qui frappa les châteaux comme les chaumières. Le manger et le boire manquèrent, les bêtes moururent, et à la suite les paysans, et sans paysans, plus de chère dans les plats d'argent. On vendit ce qu'on avait. Adieu jabots de dentelle, rubans, et chemises américaines. Le père et ses deux fils, voyant leur vie se réduire à son costume le plus simple, devinrent irritables et, la disette ne cédant pas, parfois fort méchants. Tant il arrive que la nature des créatures ne révèle sa vérité profonde que sous la soude décapante du malheur! De beaux et fiers gentilshommes qu'ils étaient, ces trois-là, qui n'avaient pourtant à se plaindre que de menus sacrifices, se trouvèrent en peu de temps transformés en grossiers épouvantails, pleins de fiel et de jalousie, répandant autour d'eux plus de discorde et de querelles que n'en eût fait un lâcher de crapauds sous les jupes des dames de la cour.

Le fils de la veuve ne changea point. Sa mise, pauvre en tout temps du fait de l'avidité de ses frères, demeura pauvre. C'est autrement qu'il souffrit, car son cœur était bon et son esprit profond. Sous les mauvais traitements du mari irrité, il voyait sa mère dépérir, et employait toute sa force et sa sagesse à soulager la douleur d'une femme trop digne pour s'oser plaindre. Il prit donc à sa charge encore plus de travaux qu'on ne lui en imposait auparavant, afin que son beau-père se trouvât d'humeur moins chagrine et moins violente. Dès l'aube, il nettoyait le foyer, balayait les sols, allumait les feux. Puis il sortait dans le petit jour glacial et s'en allait jusque fort loin poser ses pièges et ses rêts, puis il allait aux étangs voir si quelque bête d'eau ne s'était pas prise à ses lignes. Après quoi, il revenait fort vite à la demeure avec ses rares prises afin qu'au milieu du jour, lorsque ses frères et beau-père consentiraient à s'éveiller, ils trouvent table mise et n'accablent leur belle-mère et épouse d'amers reproches. Il les aidait à sauter du lit, écoutait avec patience leurs plaintes sur le froid si ardent à mordre et le feu si tiède à réchauffer, leur apportait pelisse de peau de renard et pantoufles de peau de rat qu'il avait pour eux confectionnées. Pas un merci ne venait de ces gentilshommes sans cœur. Ils se lamentaient de leurs chemises perdues, de leurs dentelles et de leurs rubans.

– Comment ferons-nous figure à la cour avec de tels oripeaux, disaient-ils.

– Cependant l'hiver est rigoureux, disait le jeune homme. En chemise de dentelle, vous seriez péris depuis longtemps.

– Taisez-vous, mon beau-fils, vous n'entendez rien à ces choses élevées. Un paysan comme vous n'a point la sensibilité d'un gentilhomme.

La veuve souffrait fort d'entendre ces propos, car ce n'était là que mensonge et bassesse, sa naissance étant bien supérieure à celle du parâtre. Mais lorsqu'elle voulait parler, un geste de son fils la contraignait au silence. Les temps n'étaient plus où une femme, même de haute disposition et de noble lignage, pouvait impunément affronter son époux. Et le jeune homme, observant ces choses, s'efforçait d'épargner au mieux sa mère en ces circonstances où l'avait mise un aveuglement aussi cruel que regrettable.

La disette se termina, les temps fastes revinrent. Les deux frères, qui n'avaient qu'à peine quitté leur lit et n'avaient fait que se traîner près du foyer en toussant et se plaignant, se retrouvèrent pâles et sans forces lorsque le beau temps fut venu. Ils étaient maigres de mollet, mous de bras, jaunes de teint, et de plus, couverts à leur grand dam de pustules repoussantes qu'un médecin de la cour, mandé à grand renfort de sacs d'or, déclara connaître pour de l'acné, mot barbare et inconnu qui les effraya fort. Le médecin recommanda des applications quotidiennes de bouses de vache, traitement qui ne fit que les avachir davantage et, cachant le mal sous une croûte plus répugnante encore que les pustules elles-mêmes, répandit autour de leur personne une odeur si extraordinaire que nul n'osait plus les approcher.

Le jeune homme au contraire, habitué à se lever tôt et courir la nature par les froids les plus rigoureux, s'était endurci dans le corps et le caractère. Ses membres étaient bien formés et pleins de souplesse, son teint rose aux joues et gracieusement hâlé au cou, aux bras, et en tout point où ses vêtements de plus en plus en lambeaux laissaient apercevoir la peau. Ses yeux d'un noisette délicat avaient pris un éclat plus avivé, et toute sa personne respirait la force, la santé, la jeunesse et l'ardeur.

Ses frères ne manquèrent pas de s'en apercevoir et en prirent violemment ombrage. Désormais, ils voulurent le garder au foyer, tandis qu'eux s'exerceraient aux travaux des champs. Le premier se brisa presque aussitôt une cheville, ce qui le rendit boiteux et plus grincheux qu'il ne l'avait jamais été. Le second tomba dans l'étang, où il prit une pneumonie qui lui laissa poitrine creuse et toux persistante pour le reste de ses jours. Ils se consolaient en pensant que leur frère au moins bientôt s'étiolerait et n'offenserait plus leurs yeux de son insolente beauté.

Mais le jeune homme était aussi sage d'esprit que puissant par le corps. Se voyant confiné au foyer, il mit à profit cette retraite forcée pour se plonger dans les grimoires, récits de voyages, livres de mathématiques, manuels de droit et traités de philosophie qui lui venaient de son père défunt et que sa mère, femme aussi avisée que bonne, avait su garder dans ses coffres, à l'abri des mauvaises atteintes. Et bien que l'humeur de son mari et de ses beaux-fils et toute la nouvelle allure qu'avait prise son second ménage ne lui permissent plus d'en faire exposition comme cela s'était fait dans son ancienne maison, et encore moins de s'y plonger et d'y poursuivre quelque étude, elle n'avait point manqué, chaque fois que l'occasion s'en offrait, de rappeler l'existence de ces trésors à son fils, de lui nommer un par un les titres que contenaient ces coffres, de lui lire même en secret certains passages de ses favoris, et enfin elle fit tant et si bien que lorsque la mort l'emporta, son fils se trouva muni de connaissances plus vastes et plus étonnantes que n'en ont en général de jeunes messieurs plus occupés à s'établir dans le monde qu'à réfléchir sur celui-ci.

Or il advint qu'à quelque temps de là, la reine du pays donna un bal en l'honneur de la princesse sa fille, qui entrait dans la société et était en âge d'accueillir des prétendants.

Les deux frères furent conviés. Les voilà transportés de joie et bien occupés à choisir les habits qui leur conviendraient le mieux. Ils appelèrent Cendron pour se faire mener à la ville et choisir ce qu'il y avait de plus beau pour des gentilshommes de leur rang et de leurs ambitions. Ils allèrent aussi au concert, au spectacle, et jusque dans les lieux mal famés où se montraient, disait-on, de nouvelles troupes aux inventions bizarres qui effrayaient fort la cour et la ravissaient tout en même temps. Ils parurent sur les boulevards et dans les tavernes, achetèrent les gazettes, et au bout d'une semaine avaient fait si bel ouvrage que leur tête, emplie de tous les derniers potins de la capitale, leur semblait prête d'éclater. Et tandis que Cendron leur appliquait des compresses de glace pour soulager leur migraine, ils n'en continuaient pas moins à s'exciter mutuellement à l'idée du bal.

– De légers défauts physiques doivent se compenser par de l'esprit, dit celui qui boitait désormais.

– Ne vous souciez pas, mon frère, les flèches acérées du vôtre sauront bien crever les yeux de ceux qui oseraient sur votre cheville se pencher. Je suis plus mal en point que vous, avec cette toux qui rompt mes propos et me donne l'air d'un vieillard.

– Nenni, mon frère, cette toux est votre meilleur atout. A trop parler, on peut se tromper. Pour vous, point d'erreur. Vous garderez le silence, et seul parfois un éclat de votre gorge viendra appuyer tel ou tel propos. Nul n'en saura l'idée et comme les courtisans ont toujours quelque vilenie cachée, chacun en secret se croira découvert. Vous serez puissant, mon frère, je vous envie votre toux.

– Mais la princesse?

– C'est vous qu'elle choisira, n'en ayez doute.

– Et moi je suis sûr que votre mérite l'emportera.

Ainsi parlaient les deux frères, se jalousant secrètement et cherchant à se nuire.

Le jour venu enfin, Cendron les conduisit au bal. Un instant près du portail, en sa grande bure qui l'enveloppait des pieds à la tête, il regarda vers le palais.

– Cendron, dirent ses frères en riant, serait-ce que tu voudrais aller au bal?

– Mes frères, vous vous moquez, ce n'est pas là ce qu'il me faut.

– Tu as raison, vraiment on rirait bien si on voyait un cendron comme toi à la fête.

– Marcherais-tu sur les traînes des dames?

– Et leur parlerais-tu à l'oreille de tes lapins de garenne?

– Ou de tes vieux grimoires?

– Certainement, dit Cendron, les dames de la cour fuiraient devant moi plus vite que mes lapins et je m'en voudrais de gâter leur teint avec la poussière de mes livres et la cendre de mes habits.

– N'aie crainte, dirent les deux frères que la joie du bal rendait aimables, nous te raconterons ce que nous avons vu et toutes nos bonnes fortunes. Seulement aie bien soin de ne pas t'endormir et de nous attendre, car nous serons trop las pour nous dévêtir.

Cendron laissa l'attelage de ses frères aux soins d'un valet, puis s'en revint seul par les chemins crottés, croisant les carrosses qui arrivaient de tous les coins du pays.

Arrivé chez lui, il s'assit comme à son ordinaire dans le coin du foyer et prit un de ses livres. Mais il n'y trouva point de réconfort. Chaque ligne, déjà soulignée plusieurs fois, annotée même en marge, ne lui renvoyait que l'image de sa pensée solitaire. Il soupirait, ouvrait et refermait les pages, la cendre volait autour de lui et engrisaillait sa belle et mâle figure. La pierre du foyer, qui était fée, lui dit alors :

– Cendron, pourquoi soupires-tu?

– C'est la plainte du vent au-dehors qui endeuille mon cœur.

– Cendron, le vent se tait et pas une feuille ne bouge. Pourquoi soupires-tu?

– C'est le sang de tant d'animaux que j'ai tués qui rougeoie dans ma mémoire.

– Cendron, il n'y a dans ta mémoire que la brise fraîche sur tes joues, l'herbe craquante à l'aube sous tes pas, et le miroir embrumé des étangs. Quelle est ta peine?

– C'est le regret de ma mère bien-aimée qui gémit tout autour.

– Le regret de ta mère bien-aimée ne t'éloigne pas d'ordinaire des livres que tous deux vous avez chéris. Cendron, tu mens.

Cendron, dans un mouvement brusque, se leva et jeta son livre contre la pierre du foyer. Puis, honteux de son geste, il tomba à genoux et se mit à sangloter.

– Bien, bien, murmura la pierre en ses braises, attendons encore un peu et nous verrons.

C'était une pierre qui avait fait alliance avec les dieux du temps, elle avait roulé dans les flots de l'avenir et par des chemins mystérieux inconnus des humains, avait déjà assisté à plus de séminaires de psychanalyse qu'on n'en pourrait compter. Elle ne dit mot et attendit son heure.

– Mes frères, dit enfin Cendron d'une voix tremblante...

– Oui? dit la pierre.

– Ils avaient belle mine en leurs atours.

– Oui, dit la pierre.

Cendron se tut encore. Puis il reprit :

– Mais ils ne m'aiment point.

– Et toi, les aimes-tu? dit la pierre.

– Ils sont faibles et sans jugement.

– Ils ont de beaux atours et vont au bal de la princesse, dit la pierre comme en musant. Et rit en elle-même en sentant le coup de pied qui venait fortement frapper contre elle.

– Pourquoi frappes-tu de ton pied?

– Je n'ai pas frappé, dit Cendron.

– Penche-toi, dit la pierre.

Cendron se pencha et vit avec étonnement que son pied était écorché et qu'une goutte de sang rouge était tombée sur la pierre. Une commotion lui en vint au cœur.

– Je hais mes frères, dit-il soudain comme en transe.

– Bien sûr, dit la pierre, et encore?

– Je voudrais être au bal, dit Cendron de son étrange voix figée.

– Bien sûr, dit la pierre, et quoi de plus?

– Je voudrais voir la princesse.

– Certes, dit la pierre.

– Et l'arracher à mes frères.

– Ah, dit la pierre.

– Et retrousser sa robe et la baiser là devant toute la cour.

A cet instant une bûche s'enflamma, le feu se mit à crépiter, Cendron s'éveilla brusquement.

– Allons, dit la pierre, secoue-toi et trouve-moi vite de quoi faire habits, laquais, carosse, chevaux.

Cette partie de l'histoire étant dans toutes les mémoires, je ne m'y attarderai guère. Qu'il soit précisé seulement que, ne s'étant trouvés ni souris, ni rat, ni citrouille, et de lézards pas plus, mais seulement un fil de la chemise américaine des frères, un morceau de fer rouillé et une goutte d'huile de lampe, la pierre embarrassée et quelque peu troublée dans ses manipulations produisit sans le vouloir un splendide harnachement de cow-boy, avec ceinturon, colt, grand chapeau et jean serré dans des bottes, et avec le fer et la goutte d'huile se trouva soudain devant une étincelante Cadillac, chromée de toutes parts et le réservoir plein. On perdit quelques minutes à découvrir comment manier ce nouvel engin, enfin Cendron partit, ronflant sur les chemins où, quelques instants plus tôt, l'éclaboussaient les carrosses.

Un peu plus loin, une petite pierre vint frapper son pare-brise.

– Que veux-tu? dit-il, baissant sa vitre, les cheveux dans le vent et les yeux grisés de vitesse.
– J'ai oublié, dit la pierre, ne passe pas minuit.
– Sois tranquille, cria joyeusement Cendron.
Un peu plus loin, la pierre cogna encore au pare-brise.
– Quoi encore? cria Cendron, redescendant sa vitre.
– Prends aussi ceci, dit la pierre, jetant une petite boîte noire que Cendron attrapa au vol et glissa sans y penser dans son ceinturon.

La Cadillac passa en trombe devant les laquais médusés et s'arrêta au pied du grand perron. Cendron descendit, claquant des éperons. Il entre dans la salle où est la compagnie. Le costume des temps à venir fait merveille sur son corps bien découplé. Il se fait un grand silence, on cesse de danser et les violons ne jouent plus tant on est attentif à contempler la grande allure de cet inconnu. Les dames rougissent et se trouvent mal, les messieurs chuchotent et on dit que certains se retirèrent incontinent dans leur cabinet privé pour se débarrasser des rubans, dentelles et perruques qui leur donnaient si sotte figure devant le fier gentilhomme qui venait d'arriver.

Cendron, pendant ce temps, se demandait quelle pouvait bien être la princesse parmi toutes ces filles aussi charmantes que semblables. Enfin il aperçut ses frères tous deux penchés sur une poupée blonde et pointue qui les écoutait d'un air excédé.
– Voilà donc la princesse, se dit Cendron.

Il passa devant elle, sans lui accorder plus qu'un léger salut et s'alla accouder près d'une croisée d'où il se mit en devoir d'examiner chaque dame qui venait faire des grâces devant lui, mais n'en invita aucune. La princesse enfin, qui était vaine et fière, ne put supporter plus longtemps pareil dédain. Elle approcha de la croisée où se tenait Cendron et dit :

– Bel étranger, ne dansez-vous point?

– Je n'ai pas encore trouvé celle que je cherche, dit Cendron, daignant à peine baisser les yeux sur elle.

– Et qui donc cherchez-vous? dit la princesse piquée au vif.

– La princesse Barbie, dit Cendron. On la dit fort jolie et aussi différente de toutes ses compagnes que le jour de la nuit. Mais je ne vois ici que nanas ordinaires, quoique fort savamment apprêtées.

La princesse ne se sentit plus de rage. Il lui vint au cœur l'ardent désir de confondre l'insolent étranger, dût-elle mettre sa cour à feu et à sang.

– Je suis la princesse, dit-elle, et sur un geste de moi, tous les gentilshommes de cette compagnie se jetteraient dans la rivière.

La rivière coulait tout en bas, au fond des douves profondes. Elle était noire et, çà et là, des piques acérées luisaient dans l'eau comme d'inquiétants piranhas.

– Il suffit que deux se sacrifient, dit Cendron, et je vous déclarerais alors sans conteste la plus belle princesse de ce royaume.

La princesse, enflammée d'énervement, aperçut les deux frères qui de si longues heures l'avaient poursuivie de leurs protestations et effusions. Sur un geste, aussitôt, ils s'approchèrent.

– Pour l'amour de moi, vous jetteriez-vous dans la rivière? dit la princesse.

– Certes, dirent les deux frères, ne se tenant plus de joie et pensant que la princesse ne cherchait qu'à les éprouver pour les mieux épouser.

– Alors, je vous l'ordonne, dit-elle et ouvrit tout grand la croisée.

Le premier des frères se pencha, puis se retira.

– Je pense, princesse, dit-il, qu'une chute sur ces lances que j'aperçois en bas serait fâcheuse pour ma cheville et que, si une légère asymétrie dans la démarche ne manque pas de grâce, il serait bien mal venu à votre époux et futur roi de boiter comme le plus vulgaire de vos soldats. La cour s'en indignerait. Mais vous mon frère, qui êtes sain de jambe, sans doute plongerez-vous?

Le second frère ne dit rien, mais fut pris d'une quinte de toux qui se déclara fort à propos. Entre les accès, avec force gestes, il fit comprendre que l'eau froide lui était interdite et qu'un futur roi ne saurait risquer d'être enroué le jour de ses noces. Toutefois, si la princesse faisait chauffer la rivière, il ne manquerait pas de s'y jeter, quoique de l'escalier, car il aimait peu les hautes croisées.

– Vos gentilshommes vous aiment fort, dit Cendron. Dansons.

Il fit danser la princesse, dont le cœur bouillonnait de rage, et toutes les autres dames autant qu'il s'en put, jusqu'au moment où un grésillement venant de son ceinturon lui rappela la recommandation de la pierre. Il était minuit, Cendron s'enfuit.

Les dames éperdues descendirent les marches du palais, se prenant les pieds dans leur traîne et culbutant les unes sur les autres dans une grande confusion de jupes, jupons, jarretières et derrières roses et moins roses.

– Avez-vous vu un beau prince magnifiquement vêtu? demandèrent les premières arrivées au laquais du portail.

– Je n'ai vu qu'un paysan vêtu de loques, qui portait dans sa main un morceau de fer rouillé et dans l'autre un peu d'huile noire qu'il regardait fort stupidement, dit cet homme.

Lorsque les frères rentrèrent, ils trouvèrent Cendron bâillant au coin du feu et, tout en se faisant dévêtir, lui racontèrent le prince magnifique qui était venu au bal et avait fait courir toutes les dames. Le lendemain, ils retournèrent au palais, car la fête continuait. Cendron les accompagna et revint comme la veille, mais il soupirait et les feuilles de son livre voletaient devant ses yeux comme les ailes d'une chauve-souris.

– Cendron, qu'as-tu? dit la pierre du foyer.

– Mon cœur n'est pas satisfait, dit Cendron.

– Tu es allé au bal pourtant.

– Mais mon cœur n'est pas satisfait.

– Ton cœur?

La pierre sentit de nouveau le coup de pied et rit en elle-même.

– Mon corps, dit Cendron qui commençait à aller plus vite en déballage. Je n'ai pas baisé la princesse ni aucune des dames de la cour.

– Alors qu'attends-tu? dit la pierre. Apporte-moi le fil, le fer et la goutte d'huile.

L'affaire fut faite plus promptement que la veille. Allons donc aussi vite et voyons maintenant Cendron arriver au bal, faire le tour de la compagnie émue et retenant son souffle, puis redescendre nonchalamment vers sa Cadillac où il alluma une cigarette, s'allongea sur le siège arrière et attendit ce qui devait venir.

Ce qui devait venir vint. Les dames l'une après l'autre se montrèrent à la vitre en minaudant, puis s'enhardissant ouvrirent la portière et s'allongèrent aussi sur la banquette arrière. Je laisse à deviner ce qu'en ces circonstances un prince vigoureux et plein de fougue put accomplir. Il accomplit des prodiges. Mais il n'est nul prodige qui à la fin ne s'épuise. Lorsque l'orgueilleuse princesse se décida enfin, la dernière de toutes, à descendre jusqu'à la Cadillac qui brillait sombrement sous la lune, Cendron était dehors, jambes écartées, chapeau sur l'oreille, remontant sa fermeture Eclair et bouclant son ceinturon.

– Trop tard, madame, dit-il, et comme minuit approchait, il sauta à son volant, fit ronfler son moteur et démarra en pétaradant.

La princesse, qui n'avait jamais entendu d'aucun de ses chevaux, ni de ses cochers les plus rubiconds, ni du roi son père qui avait pourtant le ventre fort rond, pareil éclat suivi de pareil vent, y vit une marque de mépris des plus grossières à son endroit et s'évanouit. Les deux frères, qui étaient là, la soutinrent.

– Imbéciles, dit-elle, baisez-moi.

– Là madame, sur ces pierres? Sans pantalon, mais je déchirerai mes mollets, dit le premier.

– Comment madame, dans la rosée et l'humidité, sans chemise, ma poitrine gèlera!

– Gardez donc votre pantalon et votre chemise, il vous suffit d'ouvrir votre devant, dit la princesse.

Les deux frères, songeant qu'une fois au trône ils n'en feraient qu'à leur tête et délégueraient pour ces tâches quelque laquais discret et bien membré, se résolurent à cette humiliation.

– Courage mon frère, dit l'un, pensez aux beautés de la couronne.

– Courage mon frère, dit l'autre, pensez aux joies du trône.

Ils s'approchèrent donc, l'un par-devant, l'autre par-derrière, et s'efforcèrent d'appliquer les leçons apprises auprès des servantes.

– Allons, dit la princesse, si votre plumage se rapporte à votre ramage, baisez-moi fort promptement. Et qu'il ne soit pas dit que, seule des dames de sa cour, la princesse n'ait pas eu jouissance.

Mais les deux frères craignaient pour leurs atours. La station debout n'allait pas au premier et l'air contrariait le second, ni l'un ni l'autre ne purent répondre au vœu de la princesse.

Pendant ce temps, les dames courues jusqu'au portail s'en revenaient par petits groupes. Les laquais n'avaient vu qu'un pauvre paysan portant quelques rebuts dans ses mains.

Cendron, comme le premier soir, attendit ses frères et, comme le premier soir, apprit d'eux la visite magnifique du prince inconnu. Le témoignage des frères sur la suite était à la fois vague et exalté. Ils avaient avec courage affronté une épreuve particulièrement difficile, à la suite de quoi la princesse leur avait donné des marques de faveur insignes, et ils avaient tout espoir d'être bientôt sinon rois, du moins gendres du roi.

– De la reine, dit Cendron.

– Mon frère, tu n'es point si sot. De la reine, il est vrai, puisque le roi est mort.

– De la reine, répéta Cendron d'un air songeur. Ce doit être une bien grande dame. N'était-elle point à la fête?

– Nous ne l'avons vue, dirent les frères, et ne nous en sommes pas souciés. On la dit fort sévère.

– Fort sévère, mes frères?

– Eh bien, ne s'occupe-t-elle pas des affaires du royaume? dirent les frères que ces choses n'intéressaient nullement.

– Mais cela fait-il d'elle femme moins belle et moins bonne? dit Cendron.

– Que vous voilà bavard soudain, dirent les frères. Défaites plutôt nos rubans et aidez-nous à nous étendre, car nous sommes fort fatigués.

Le troisième soir se passa comme le second. Les frères partis, Cendron soupirait près du foyer.

– Quoi donc maintenant? dit la pierre.

– Je ne suis pas satisfait, dit Cendron.

– Que te manque-t-il encore? dit la pierre.

– Je ne sais, dit Cendron.

– Cherche.

– Pierre, si vos êtes fée, dit soudain Cendron, laissez-moi retourner au palais une dernière fois.

– Puisque tu le veux, dit la pierre. Mais n'oublie pas, dès minuit tu dois partir, car je ne suis qu'une pierre ordinaire et mon enchantement ne pourra durer plus longtemps.

Cendron promit et partit. Mais son cœur n'était pas léger comme les autres fois. Il roula doucement dans l'allée et s'alla garer loin des carrosses sous l'ombre noire d'un grand chêne. Puis, évitant la fête, il monta par une petite porte dérobée qui n'avait point été fermée. Le palais était vaste et les couloirs déserts, les laquais requis par la fête étant tous à leur tâche. Pas un bruit n'arrivait de la danse, tant les murs étaient hauts et épais. Une pénombre régnait, qu'éclairait à peine de loin en loin quelque torche. Cendron trébucha, son cœur était prêt de se rompre, de sombres tableaux le regardaient sous les voûtes. Cependant il poursuivait. Et voilà soudain que parvint le son d'une viole, un air ancien, tendre comme une fleur, pénétrant comme un calcul d'astronome, et qu'il reconnut aussitôt pour l'avoir déchiffré dans l'un de ses nombreux livres de musique. Mais, chez son beau-père, on n'avait pas d'instrument. Aussi ce qui lui donna le plus de bonheur, ce fut d'en entendre la musique, et plus que la musique, le chant, car quelqu'un chantait en jouant.

Cet air ainsi le guida à travers de nombreux corridors et escaliers, puis soudain s'arrêta. Cendron regarda autour de lui, il était au cœur du château, retourner c'était se perdre, il poussa donc la première porte et se trouva devant une bibliothèque si vaste et si haute, et tapissée de tant de milliers de livres qu'il crut rêver. Soudain un endroit dans les travées attira son attention. Les livres là n'étaient pas alignés, les dos en étaient usés, de nombreuses chandelles consumées attestaient qu'on était souvent venu là, fort avant dans la nuit, s'entretenir solitairement avec eux. Il reconnut ses livres favoris, et vit aussi qu'ils avaient été soulignés et annotés là où, de même, lui avait souligné et annoté les siens.

– Je rêve, s'écria-t-il à voix forte, je rêve.

Un rire lui répondit. Cendron se retourna, saisi de frayeur. Il vit un petit homme assis par terre en tailleur, et qui riait tant et tant que ses frêles épaules en étaient secouées comme des rameaux dans la bourrasque. Cendron se laissa tomber au sol et se prit à rire lui aussi, ce qui ne lui était arrivé depuis un temps si ancien qu'il pouvait à peine s'en souvenir.

– Vraiment, n'as-tu donc jamais vu de livre? dit alors le rieur en face de lui, se tenant encore les côtes.

Au son de cette voix, Cendron tressaillit. C'était la voix de la viole, la viole d'ailleurs était là, mais où était la dame? Il vit alors que sur les frêles épaules du petit homme il y avait un visage de femme, et d'ailleurs en y regardant mieux, sous l'étrange costume d'homme, il y avait aussi un corps de femme, et les deux ensemble faisaient une femme tout entière, une femme telle qu'il n'en avait jamais vue, sauf pour un air de ressemblance léger...

Cendron se leva épouvanté.

– Vous êtes la Reine, dit-il.

– Ah ne m'embête pas, dit celle-ci, se mettant vivement debout à son tour, oui je suis la reine, il faut bien que quelqu'un le soit, non?

Lecteurs, lectrices, excusez-moi, il m'a fallu si longtemps marcher à travers le dédale embroussaillé de ce vieux conte faussé qu'arrivée ici, je ne veux me presser, il me faut raconter chaque détail de cette rencontre si remarquable. Quand après les ronces et les taillis vient la clairière, qui ne voudrait s'y allonger, longtemps s'y reposer?

Cendron voulut saluer la reine qui se relevait de sa posture moins que royale, mais comme elle était déjà presque debout alors qu'il plongeait à peine, leurs têtes se rencontrèrent rudement, pour ne point tomber ils s'accrochèrent à ce qui de l'autre se présentait, et sans doute pour réparer la douleur ou l'affront, se frottèrent mutuellement le front, là où déjà de part et d'autre une bosse commençait à pousser. Un chambellan se trouvant regarder à une quelconque des serrures, eût certes vu Cendron dans les bras de la Reine, ou la Reine dans les bras de Cendron, et tous deux se livrant à de surprenantes caresses.

– Vous êtes bien maladroit, dit la reine.

– Madame, je saluais, dit Cendron.

– On ne salue pas une reine à terre, dit la reine. On la relève d'abord.

– Je saluais d'abord et relevais ensuite, dit Cendron.

– Ce n'est pas l'ordre, dit la reine.

– Que n'avez-vous attendu ma main alors?

– Et que ne l'avez-vous tendue?

– Madame, je vois bien que je n'ai point les manières de vos gentilshommes, dit Cendron fâché.

Un chambellan se trouvant écouter à l'une quelconque des serrures eût certes cru à une profonde querelle et tremblé pour l'insolent.

Cependant Cendron tenait toujours la reine

fermement dans ses bras, s'émerveillant secrètement de sentir des formes pleines et larges sous l'étrange costume d'homme.

– Mes gentilshommes m'ennuient, dit la reine, s'appuyant à son bras comme si c'était là l'accoudoir de son trône.

– Madame, pourquoi? dit Cendron, posant son autre bras sur l'épaule de la reine, comme il le faisait d'ordinaire sur le coin de sa cheminée.

– Ils ne savent pas lire, dit la reine d'un air navré qui lui donna le visage d'une enfant.

– Je lis fort bien, dit Cendron, vaniteux soudain autant qu'un petit garçon.

– En ce cas, voyons, dit la reine, sautant brusquement hors de ses bras et se précipitant vers les rayonnages.

Ils arrivèrent à l'alcôve aux petits bouts de chandelle, la reine en alluma une et chercha dans ses livres. Lorsqu'elle en eut sorti un, et avant même qu'elle l'eût ouvert, Cendron posant la main sur la tranche récita ces mots : « Je me trouvais au milieu de ma vie dans une sombre forêt... »

La reine, qui observait l'étranger avec soin et dont le visage maintenant était celui d'une femme qui avait eu, de longues et dures années, la charge solitaire d'un royaume, dit après un silence :

– Vous n'êtes pas au milieu de votre vie, jeune étranger.

– Les années se mesurent dans le cœur, madame. Les vôtres et les miennes, mises sur les plateaux d'une balance, pèseraient peut-être aussi lourd.

– Le Royaume se perd, dit la reine sourdement, ma fille est frivole et refuse toute instruction. Je suis sans parents, sans amis, et n'ose confier à personne les secrets de l'Etat.

– Madame, je connais le droit, la philosophie, la comptabilité. Permettez-moi de vous aider.

Et Cendron, qui croyait bien avoir oublié la source des pleurs, se jeta aux pieds de la reine en sanglotant.

– Vous êtes bien téméraire, dit celle-ci après un long silence.

Cendron leva son visage baigné de larmes où ses yeux flottaient comme deux noisettes de diamant.

– Excusez-moi, madame, il y a longtemps que je n'ai parlé avec quiconque.

– Vis-tu donc au fond des bois?

– Madame, j'ai eu une mère, un père, un beau-père. Maintenant il me reste deux frères, mais... ils sont frivoles et refusent toute instruction.

La reine se mit à rire.

– Un point pour toi. C'est moi qui te prie de m'excuser.

Le reste de la soirée se passa en causeries, chant, musique, ainsi qu'en discussions plus sérieuses sur la politique et les finances du royaume.

La reine, qui n'avait eu telle compagnie depuis la mort du Roi son époux, et à y bien songer n'en avait eu telle même de son vivant, le roi n'ayant pas laissé grand souvenir dans le conte, sentait remuer en elle mille sources oubliées, son visage avait une animation charmante et Cendron la contemplait avec ravissement. Ils regardèrent aussi un livre de prophéties sur lequel se voyait en images le pourpoint de cow-boy de Cendron ainsi que, sur une autre page, le costume-pantalon de la reine, et plus loin encore une sorte de carrosse dans lequel le jeune homme reconnut bien celui qu'il avait garé sous le grand chêne devant le palais. Ces choses les amusèrent fort et on en était là lorsque soudain il sembla à Cendron que son bel habit, d'une façon qu'il n'aurait su décrire, se défaisait en sa trame. Minuit en effet venait de passer, mais nul grésillement ne s'était fait entendre, la pierre dans son troisième enchantement ayant oublié de garder avec elle sa moitié de la boîte noire par laquelle, jusque-là, elle l'avertissait de l'approche fatale. Craignant de se trouver nu devant une femme dont la considération lui était plus précieuse que la vie, Cendron pâlit.

– Pardonnez-moi, madame, je fuis.

Il s'enfuit si brusquement qu'il laissa tomber parmi les bouts de chandelle les deux parties de son talkie-walkie. Il lui fallut errer longtemps par les couloirs, partout la reine le faisait chercher, mais nul ne s'arrêtait à ce valet misérable et qui faisait semblant de chercher tout comme les autres.

Cendron en nage arriva tout juste avant ses frères. Mais ceux-ci étaient trop excités par la grande nouvelle pour le remarquer.

– Sais-tu, Cendron, que la reine, décidée à donner à sa fille un prétendant de son choix, fera dès demain porter à tous les gentilshommes du royaume une petite boîte noire qui, paraît-il, désignera le futur roi?

– Demain donc, notre frère, si tu le veux, tu pourras être serviteur du futur roi et vivre au palais, ajoutèrent-ils, ne doutant pas de leur bonne fortune et faisant déjà les bons princes.

Le lendemain, au coucher du soleil, l'émissaire de la reine arriva à la demeure des trois frères. Il présenta d'abord la boîte à celui qui boitait.

– Salue la boîte et prononce un compliment, dit l'émissaire, appuyant ainsi qu'on l'en avait instruit à un endroit particulier que marquait un bouton.

– Les beaux yeux de la princesse d'amour me font mourir, dit celui qu'on avait prié le premier.

– Non, sortit alors une voix de la boîte.

Les deux frères, saisis, reculèrent.

– A vous, dit l'émissaire, se tournant vers celui qui toussait.

Troublé par la peur, celui-ci ne trouva qu'à reprendre les paroles de son frère :

– D'amour mourir vos beaux yeux princesse me font.

– Non, reprit la voix.

Cendron, qui ne voulait point épouser la princesse, se tenait tourné vers le foyer, si immobile que pas un grain de cendre ne volait.

– Etes-vous les seuls jeunes hommes en cette demeure? demanda l'émissaire.

– Nous sommes les seuls gentilshommes, dirent les frères.

– La reine a dit « tous les jeunes hommes ». Quel est celui-là?

– C'est Cendron, s'esclaffèrent les frères. Vous pouvez lui parler, mais il ne saura certes pas tourner un compliment.

L'émissaire qui faisait les essais, ayant attentivement regardé celui dont on se moquait, lui trouva le visage beau et un air guère fait pour déplaire.

– Voyons, dit-il doucement, parlez, point n'est besoin de faire un compliment.

Mais Cendron, sachant bien comment la boîte le trahirait, se taisait. Seul s'entendait son souffle oppressé.

– Voyez, dirent les frères, il ne sait pas même parler.

– Silence, dit l'émissaire, la boîte ne s'est pas encore prononcée.

Les frères se mordirent les lèvres, l'émissaire gravement continua à présenter la boîte, et Cendron, couleur de son nom, continuait à se taire. Le royaume tout entier semblait évanoui.

– C'est fort étrange, dit enfin l'émissaire. Ni oui ni non, que signifie? Messieurs, excusez-moi, je dois aller consulter ma maîtresse.

Dès qu'il fut sorti, Cendron voulut se jeter dehors. Mais ses frères par leurs pleurs le retinrent. Ils lui firent mille civilités, promettant de le bien servir s'il devenait roi et l'adjurant de ne pas les renvoyer pour leurs méchancetés passées.

A cet instant, la porte s'ouvrit et la reine apparut, accompagnée d'une simple servante. Elle reconnut Cendron malgré sa grise mine et dit :

– Monsieur, la boîte ne m'a pas trompée, vous voilà donc.

Les frères, ayant deviné la reine à sa suivante, qu'ils avaient souvent agacée dans les couloirs du palais, se jetèrent dans une suite de révérences.

– Monsieur, dit la reine qui ne voyait que Cendron, je vous donne ma fille. Vous saurez l'instruire et sauver mon royaume.

– Madame, je n'épouserai pas votre fille. Son cœur est une breloque de verre et le mien est lourd comme le plomb.

– Un royaume est une vaste et profonde mer et, pour s'y diriger, un cœur ne vaut pas plus qu'un bouchon.

– Vous vous trompez, madame, le cœur est le seul gouvernail qui ne rompe point.

– Monsieur, vous refusez un royaume.

– Madame, je n'ai pas dit cela.

La reine, dont les lèvres tremblaient, était d'un côté du foyer, Cendron, dont les yeux étincelaient, était de l'autre, entre eux la pierre, qui était fée.

Celle-ci, se lassant de ce malentendu qui risquait de ne point voir de fin, décida de couper court, et pour chasser tous les mauvais sorts de la honte, de la peur, de la jalousie, de l'orgueil, et j'en oublie tant ils étaient nombreux et rôdaient en tout lieu, entêtés comme nuages de moustiques et d'autant plus malfaisants qu'invisibles, fit venir un vent violent qui s'engouffra par la cheminée, renversa les murs, arracha les arbres et courut dans la campagne plusieurs jours et plusieurs nuits. La pluie tombait comme au temps du déluge. Cendron n'avait eu que le temps de saisir la reine. Perdus dans la forêt, ils cherchèrent refuge sous des arbres que la foudre enflammait, sous des rochers qui s'éboulaient, dans des grottes que les torrents emplissaient, des bêtes chassées de leur antre hurlaient sur les chemins, ils coururent la main dans la main, se soutenant dans leurs faiblesses, échangeant leur force, leur adresse et leur prudence, sauvés l'un par l'autre lorsque tout les abandonnait et même leur propre courage. Le vent tomba, l'eau se retira, les bêtes rentrèrent dans leur tanière, la reine et Cendron aperçurent au loin le palais dans l'aube qui se levait. La tempête les avait laissés nus, au corps comme au caractère, lavés de leur aveuglement, et c'est d'un seul cœur qu'ils entrèrent au palais, Cendron pour devenir roi et époux bien-aimé de la Reine, la reine pour devenir épouse bien-aimée du Roi et reine enfin accordée.

Les noces furent simples. La cour, sentant qu'un maître lui était venu, rangea ses falbalas et, la joie de la reine l'entraînant, se mit à l'austérité sans rechigner.

Cependant la princesse n'avait pas d'époux. Les deux frères ne voulaient ni l'un ni l'autre s'écarter. La princesse consultée expliqua qu'aucun des deux, ainsi que l'expérience en faisait foi, ne saurait la satisfaire, mais que, par un malheur singulier, nuls autres courtisans ne savaient aussi bien la flatter et qu'elle avait besoin de flatteries tout autant que d'eau ou de rôti. Le roi fit venir les trois plaignants et trancha la chose ainsi :

– La reine en sa sagesse et moi en la mienne, ne pensant qu'à votre bonheur et à la paix du royaume, avons décidé comme suit. Princesse, vous épouserez mon frère que voici, dit-il en désignant le boiteux.

Un murmure de déception parcourut la cour.

– Puis vous épouserez également mon frère que voilà, dit-il en désignant le tousseur. De cette sorte, tous deux vous serez princes et l'envie ne vous divisera pas. Vous pourrez aussi mettre en commun votre sagesse, ce qui ne saurait faire trop. Quant à vous, princesse, lorsque l'un faillira à vous satisfaire, vous aurez l'autre sous la main, et ainsi nulle aigreur ne viendra ternir votre aimable visage.

Toute la cour approuva ce sage, quoique inhabituel, arrêt.

Le chambellan risqua cependant une question.

– Sire, qu'arrivera-t-il lorsque vos majestés songeront à se retirer? Nous ne saurions avoir deux rois.

– Fort juste, dit Cendron, aussi avons-nous décidé qu'après nous, le peuple, des chaumières aux châteaux, se réunirait sur le grand terrain de foot du palais et élirait selon son penchant et au mieux de son jugement le nouveau souverain.

Ainsi fut-il dit, et la pierre du foyer, lassée de ses œuvres, s'en revint à son âtre méditer sur les contes anciens et puiser des forces pour de nouveaux enchantements.

Le différé de la reine

Il était une fois un prince et une princesse si amoureux et si pressés de s'unir qu'on ne saurait le dire. Ils étaient tous deux beaux et bien faits, de haute naissance et d'agréable disposition, et leur mutuelle inclination, une fois connue, leur apporta grande joie et enchantement. Ces choses-là ne souffrant pas de doute, il me faut les dire tout comme elles sont.

Tous deux s'allèrent donc un beau matin s'étendre sur une sorte de lit qui se trouvait tout en haut d'un donjon, dans un petit galetas au bout d'une galerie. Là, la nature leur fit faire les plus charmantes caresses et l'épée lisse du prince s'égarait parmi les soieries de la princesse lorsque, soudain, on frappa à la porte et la reine mère entra.

– Comment, ma fille, s'écria-t-elle, ce n'est pas en cet apparat qu'on s'unit et ces choses ne se font pas sans certaine cérémonie. Il faut y convier toute la seigneurie, mettre au travail les laquais, les valets, les cuisiniers. Il faut sortir l'argenterie, revêtir des habits. Il faut des voiles, des fruits, des pierreries. La princesse, étonnée, se leva et assura qu'elle ferait ce que la reine, sa mère, ordonnerait.

Le prince, qui n'aimait pas les questions, rengaina son épée, rongea son frein, et s'en alla deviser avec le roi, son futur beau-père, des affaires du royaume.

Lorsque le dîner fut prêt, le château décoré et la princesse parée, on vint quérir le roi et le prince, son futur gendre. La fête fut magnifique, plus magnifique qu'on ne saurait le dire, ne le disons donc pas, les seigneurs et dames y vinrent de tous les coins du royaume, mais laissons-les dans l'ombre, et tout fut comme maintes fois raconté, aussi n'insistons pas. Après les cérémonies du mariage, qui durèrent trente jours et trente nuits, les nouveaux époux – toujours plus pressés de s'unir qu'on ne saurait le dire – se retirèrent enfin en leur appartement pour jouir des plaisirs que la nature confère à un si agréable moment.

Le prince se prit un peu les pieds dans les plis de la robe de sa princesse, la mode étant en ces temps, je tiens à ce détail, à des formes raides et de multiples étoffes. Il touchait néanmoins au terme de ses efforts et son pénis vermillon s'apprêtait à percer l'objet de son bonheur lorsqu'un grand bruit sembla s'exhaler du fond du palais.

Le prince, alarmé, sauta hors du lit et s'écria d'une voix forte :

– Qu'est-ce donc à cette heure si profonde?

– Mon prince, c'est la nuit qui délire et qui tremble, chuchota son page de l'autre côté de la porte.

– Qu'est-ce encore? dit le prince.

– Ce sont les hiboux qui se jettent entre les remparts.

– Et encore? dit le prince.

– Ce sont les chevaux dans les cours qui s'entre-dévorent.

– Mais pour finir? dit le prince, impatient.

– Sire, dit le page chuchotant encore plus bas, ce sont les cris des femmes.

La princesse, que tant de signes néfastes avaient comme foudroyée, pâle et défaite, tremblait entre les draps. Le prince, qui n'avait point été élevé dans la lecture et ne connaissait rien aux signes, s'habillait. Enfin, les portes de l'appartement s'ouvrirent et un ministre s'inclinant vint apprendre aux jeunes époux que le roi, leur père, s'étant pendant les noces trop bien réjoui, était mort dans la nuit et qu'on mandait la princesse pour qu'elle soit reine et le prince pour qu'il soit roi.

N'écoutant que leur devoir, les futurs monarques descendirent par les couloirs et, durant trente jours et trente nuits, pleurèrent le roi défunt, leur père.

Lorsque le deuil arriva près de son terme, la reine mère déclara qu'il fallait enlever crêpes et linceuls, et préparer le couronnement du prince et de la princesse, ses enfants. Le prince fit valoir qu'il y aurait certainement difficulté à faire coïncider la fin de la première cérémonie avec le début de la seconde, et qu'il y faudrait sans doute un intervalle raisonnable qu'il pourrait mettre à profit pour aller s'étendre avec la princesse, son épouse, sur leur lit de noces.

Mais la reine, malgré l'affliction du veuvage, fit

si bien merveille qu'à peine le deuil terminé, le couronnement commença.

Le prince, nonobstant, s'était avec insouciance convaincu qu'un léger retard ne saurait troubler les préparatifs et qu'il pouvait bien, étant presque roi, prendre quelques libertés avec un protocole qui après tout n'avait rien prévu de semblable à son cas. Il s'était donc en ses appartements redévêtu et avait ordonné à son page, toujours de l'autre côté de la porte, de ne pas le déranger, et de n'entrer que lorsque par un cri perçant, il l'en avertirait. Le prince alors, dans le plus simple appareil, pénétra par le côté dans les appartements de sa récente épousée.

Elle était à ses intimes apprêts. Comme autrefois dans le galetas, il voulait la prendre dans ses bras. Il s'élança. Mais cette princesse, qu'un malheur inattendu autant que déplorable venait dans la fleur tendre de son âge de placer à la tête d'un royaume et des responsabilités les plus graves, troublée sans doute et voyant ce prince nu, poussa étourdiment un cri de frayeur qui perça le mur des appartements.

– Eh quoi, dit-elle hagarde, pourquoi cette arme lorsque vous visitez une épouse bien-aimée? Vous ai-je déjà manqué que vous veuilliez me transpercer et me laisser mourante sur le sol de mon palais?

Le prince, à ses mots transporté, dans les plus tendres actions voulait dissiper sa frayeur lorsque le valet, par le cri alerté, entra en grande pompe, portant sur un coussinet le haut de chausse et le pourpoint du futur roi, son maître.

Le futur roi ne manqua pas ici à son devoir le plus ferme. En tout lieu, en tout temps, il faut à son valet montrer front uni et mine sereine. Il tendit donc le cou vers l'ajustement qui devait le voir couronné.

Mais le destin était en marche, auquel nul n'échappe. Le pourpoint, ayant été cousu par les couturières du château lors des jours maigres du deuil, se trouva trop étroit pour le prince en son nouvel état. Il fallut sur-le-champ coudre un autre pourpoint, assez large pour contenir la vigueur et la fougue d'un jeune prince encore dans l'émoi d'un mariage récent.

Le futur roi, enfin vêtu, se dirigea vers la salle du couronnement et y fit son entrée sous les vivats et les bravos de son peuple assemblé.

La reine mère vit ce noble prince avancer dans l'allée dans toute la majesté que lui donnaient ses nouvelles proportions et, dans un instant d'éblouissement et d'égarement, il lui sembla sous ce pourpoint royal voir un nouvel époux s'avancer vers elle, et lui tendre la main.

Mais lorsque le prince passa son chemin et gravit les marches pour s'asseoir sur le trône aux côtés de la princesse, sa fille, la mémoire lui revint et elle en éprouva une jalousie si violente que sur-le-champ elle se trouva mal et ne put assister à la cérémonie que pourtant elle avait préparée. On attribua son malaise au chagrin que lui avait causé la mort d'un époux toujours adoré et, lorsqu'une maladie de langueur l'emporta quelques jours plus tard, chacun loua une telle constance et une fidélité qui se prolongeaient jusqu'à la mort.

Je passe sur le faste du couronnement et la pompe des funérailles. Qu'on sache seulement que rien ne fut trop beau pour mettre sur leur trône deux jeunes gens de si aimable nature et dans sa tombe une reine aussi chargée d'ans que de vertus et que tous ses sujets regrettaient.

Le temps étant venu pour la nouvelle reine de se remettre de la douleur de la perte d'une mère suivant d'aussi près la perte d'un père, le roi jugea qu'il pouvait l'aller visiter et lui renouveler les marques de son affection.

Il trouva sa femme, rêveusement retirée, dans la chambre qu'elle avait eue du temps qu'elle était jeune princesse. Cette vision pure lui porta le délire au front et il saisit la reine si violemment qu'il crut l'avoir blessée. Du sang vermeil coula, on appela la première suivante de la reine. Celle-ci prit peur et manda le médecin, lequel prescrivit sinapismes et herbes rares qui empirèrent le mal. Le confesseur vint et ne réussit rien. On remontrait, on suppliait, rien n'y faisait. La reine se consumait dans son sang vermeil et tous commençaient à craindre pour sa vie.

Cependant, seule dans le château affligé, une vieille gouvernante qui avait vu naître plus de reines qu'on ne saurait s'en souvenir, encourageait le roi, lui représentant que tant d'événements mêlés et si rapidement arrivés à un âge où bien des princesses jouent encore à la poupée ne pouvaient que troubler la nature délicate d'une demoiselle de si haut rang. Le roi, qui n'était point un brutal, prit patience et employa ses nuits blanches à se mettre au fait des affaires du royaume.

La reine se consumait, la reine était presque consumée. La vieille gouvernante, sans dire mot à personne, s'installa dans sa chambre le soir venu. Les yeux grands ouverts, le souffle retenu, elle surveillait les courtines. Vers minuit, elle vit la reine se lever, les bras tendus se diriger vers la porte, et sortir. La gouvernante sans bruit la suivit. Cependant la reine avançait par les couloirs déserts, et le vent coulis soulevait les plis blancs de ses voiles, soulevait les tresses longues de ses cheveux. Par les croisées flottaient les brumes blêmes de la nuit. Un rossignol pleurait dans les feuillages et sur le sol, goutte à goutte, le sang tombait, long sillage de larmes vermeilles.

Soudain la reine tourna et prit par une petite tourelle, vers le donjon auquel personne n'allait plus depuis longtemps. Tout en haut était une galerie, puis une porte qui ouvrit sur un petit galetas.

La reine s'arrêta, regarda une pile de grands rideaux d'apparat, lourds et écarlates, qui dans un coin faisaient une sorte de lit, puis tombant à genoux se tordit les mains d'une manière pathétique et en prononçant des mots sans suite. Mais la gouvernante, qui avait élevé autant de reines qu'elle en avait vu naître, y reconnut un sens et il lui sembla bientôt que la reine disait « oh ma mère, ma mère bien-aimée, c'est moi qui vous ai tuée », et toujours elle tordait et frottait ses mains comme pour y laver quelque tache imaginaire.

La gouvernante, toujours sans dire mot à personne, se mit en tâche de découvrir la cause de ces divagations. Elle interrogea une ancienne chambrière de la reine défunte. Celle-ci avoua bientôt que, dans son dernier délire, la reine mère avait maudit la princesse qui, radotait-elle, lui avait volé son époux le jour du couronnement. Cette mauvaise fille, en tremblant, avoua aussi que, par malice et sans y voir mal, elle avait rapporté ces paroles à la jeune reine.

La gouvernante mena la chambrière devant la reine malade et, ainsi qu'elle l'en avait instruite, la fit se jeter à genoux et parler ainsi :

– Madame, dit-elle donc en pleurant, je vous ai menti le jour de l'enterrement. Votre mère est morte en vous bénissant et mes mensonges n'étaient que l'effet d'une affreuse jalousie de vous voir ainsi monter sur un trône que je ne ferai jamais, moi, qu'épousseter.

La reine, qui était jeune et bonne, releva la chambrière et pleurant aussi, promit de faire venir par l'intendant les meilleurs aspirateurs qui se pourraient trouver dans le royaume.

La gouvernante ne fut pas déçue. La reine cessa de se réveiller la nuit et se trouva bientôt guérie. Elle pria donc elle-même son époux de la rejoindre dans la grande chambre royale qui était la leur désormais. Le roi reçut son message avec joie, mais dut se faire excuser douze mois encore car il recevait ses ministres.

La Chambre Royale se trouvait au centre du château, dans une grande salle, sous une voûte de pierre que soutenaient d'épaisses colonnes et des chapiteaux sculptés. Les fenêtres assombries de vitraux donnaient sur de longs corridors où tout le jour veillaient les gardes en armure. Le roi vint donc en ce lieu majestueux rejoindre son épouse. Il s'étendit près d'elle et s'estima enfin le plus heureux des rois. Il se fit réflexion que le destin lui avait donné la plus belle des reines et qu'il ne tenait qu'à lui d'en faire aussi sa femme.

Il posa donc délicatement la main sur les lacets de la reine que celle-ci, je tiens à ce détail, portait fort serrés selon la mode de l'époque et s'étonnait presque de les sentir lâchement se délacer lorsque la reine en ressort se dressa sur son séant et, comme hors d'elle, montra du doigt une silhouette sombre qui semblait glisser furtivement derrière le vitrail.

– Les fantômes, criait-elle, les fantômes du Roi et de la Reine!

Le roi, quelque peu inquiété, saisit son épée et s'avança dans la pénombre jusqu'au vitrail. Il eut bientôt reconnu les gardes et s'en revint aussitôt rassurer la reine. Cette dernière cependant déclara avec force qu'elle ne pourrait un instant de plus demeurer en cette Chambre, et que le roi devait sur-le-champ et incontinent lui en faire construire une autre.

Sur l'ordre du monarque, les ouvriers firent diligence et purent bientôt le prévenir que tout avait été fait selon ses désirs. La nouvelle chambre était petite et sans recoin, et ses larges baies aux vitres coulissantes donnaient sur les toits des chaumières, en face, dans la plaine où vivait leur peuple. Des spots invisibles assuraient la nuit une lumière éternelle et un jeté de lit d'Arabie aux vives couleurs égayait ce qui était l'unique et léger meuble de ce clair séjour.

Le roi était dans son cabinet privé pour une affaire d'importance et il ne put admirer la nouvelle chambre avant douze autres mois. Lorsqu'il eut renvoyé son cabinet privé, il se dirigea ainsi qu'il l'avait promis vers la chambre de la reine. Celle-ci était couchée et le roi, qui ne l'avait vue de quelque temps, ne remarqua pas l'air absent répandu sur sa figure. Instruit par l'expérience et pressé par ses nouvelles charges, il s'étendit aussitôt sur elle, écarta vivement ses jupes et sous-jupes, qui étaient au nombre de dix, et ses jambes, qui étaient au nombre de deux et fort fines et blanches.

L'envie lui prit de regarder ces deux dernières de plus près et, se reculant un peu, il posa la tête là où seul un roi pouvait l'y poser. Ses transports premiers lui revinrent, il étreignit fortement le ventre de la reine et allait ouvrir les écluses de son sperme royal lorsqu'un mouvement étrange se produisit entre les jambes qu'il admirait si fort et que, soudain, jaillit un enfant tout formé qui se mit à crier. La reine pria le roi de s'écarter, car elle craignait que dans sa maladresse il ne heurtât l'enfant et, comme elle désirait allaiter, elle lui demanda avec une pudeur charmante mais ferme si quelque affaire ne l'attendait pas dans la salle du trône.

Le roi, remis de son émoi, fit annoncer par canon et cartons imprimés qu'un fils lui était né. Il réunit ensuite son conseil culturel pour s'occuper de lui trouver un précepteur qualifié. Il passa les jours suivants à étudier les dossiers des douze mille quatre cent trente-deux candidats et lorsqu'il put enfin retourner auprès de la reine, un second fils avait à nouveau pris sa place. Cette situation malencontreuse se reproduisit plusieurs fois, mais le roi prit tant de joie à ses enfants qu'il en oublia vite le but premier de ses visites à la reine.

Lors de sa quinzième visite, cependant, aucun mouvement particulier ne se reproduisit entre les jambes de la reine et le roi, désemparé, se demanda soudain ce qu'il venait faire en ce lieu. La reine et lui conversèrent longtemps de leurs enfants et le roi, bientôt rendu aux douceurs de l'amour par ce tendre entretien, voulut en manifester les preuves toujours constantes à son épouse. Tous deux s'étendirent sur le jeté d'Arabie et le roi, de plus en plus instruit par l'expérience et de plus en plus pressé par ses charges, ne perdit pas de temps en préliminaires et plongea vers ses délices sans même se dévêtir.

Il fit bien sur ce dernier point, car hélas au même instant une bande d'enfants turbulents se précipitèrent dans l'appartement royal, courant derrière une de leurs poules électriques qui s'était échappée. Précisons, pour éviter d'inutiles complications, que les enfants royaux, absorbés par leur jeu, ne jetèrent pas le moindre coup d'œil à leurs parents et quittèrent l'appartement aussi brusquement qu'ils y étaient entrés.

Le roi interrompu décida de punir la nouvelle gouvernante pour avoir ainsi relâché sa surveillance, et le précepteur pour n'avoir point enseigné à ses pupilles qu'en tout lieu les princes doivent se faire annoncer. Il fut alors découvert que la gouvernante et le précepteur avaient été engagés en de coupables actions durant le temps qu'ils eussent dû consacrer à leur charge, et la reine, redoutant l'influence néfaste que la vue de honteux ébats pouvait avoir sur de si jeunes enfants, entra dans une grande inquiétude. Aussi résolut-elle, après le renvoi des coupables, de se consacrer elle-même et malgré les lourds devoirs de son rang à l'éducation des jeunes princes.

Le roi applaudit à une décision aussi courageuse que nécessaire – les finances du royaume n'étant plus ce qu'elles avaient été – et la cour, après un temps d'incertitude, fit de même.

Lorsque le roi revint voir la reine le lendemain, il la trouva fort occupée et n'osa pas déranger ses nobles travaux pour de futiles plaisirs.

Il s'approchait puis reculait, il allait à droite puis à gauche, la tête penchée comme un homme qui ne sait que résoudre. Ce cruel désarroi trouva un remède soudain dans les menaces d'une guerre immobilière que faisaient peser sur les biens du royaume les visées du chef d'un Etat voisin. Cette guerre, qui couvait depuis longtemps, n'attendait sans doute à la tête du royaume qu'un monarque jeune et vigoureux pour la conduire. Le roi se plongea donc avec ardeur dans les préparatifs des hostilités.

Cependant, presque aussitôt, il lui fallut faire face à une mutinerie parmi les hauts officiers de l'armée qui prenaient ombrage des nouvelles armes économiques qui s'étaient développées hors de leur arsenal. Les plus anciens conseillers du royaume, chenus et austères, recommandèrent au roi de faire exécuter en secret et sans délai les chefs de la rébellion par la garde privée. Le roi ne se rendit point à cette solution qui avait fait ses preuves sans doute en d'autres temps, mais pour laquelle il ne disposait plus ni de garde privée ni du secret nécessaire. Il adopta une toute autre tactique et, après avoir pris conseil de la reine, fit inviter dès le lendemain pour une collation au palais les épouses des chefs de la mutinerie, ainsi que leurs enfants.

Le parc ayant été depuis longtemps livré aux lotissements, on loua un grand jardin qu'on amena près du palais. Escarpolettes, phonographes, livres d'images, eau claire des piscines et balles vives des tennis, tout concourait à faire de cette fête un spectacle enchanteur. Ce n'était partout qu'enfants rieurs, garçonnets en culottes de velours, fillettes en robette liberty, et grandes capelines, cigares, liqueurs, chocolats. Les dames voulurent rendre à la reine une aussi charmante attention et ce fut à la cour une succession de bals, matinées enfantines, banquets, thés et cocktails. Les couples épuisèrent à rivaliser en élégance l'invention qu'ils eussent mis à se pourfendre autrefois. Le roi put donc guerroyer de longues années en paix. Il s'employa à la guerre avec la même diligence qu'il s'était employé à la paix, et y manifesta toute la valeur qu'on pouvait attendre d'un prince de si haute naissance.

C'est donc avec impatience que la reine, sur les tours du palais, attendit les premiers courriers annonçant le retour de Sa Majesté. Lorsqu'elle aperçut dans le ciel les panaches blancs des avions qui revenaient, elle crut défaillir, et lorsque le roi son seigneur se posa enfin en vue du palais, elle défaillit pour de bon.

Elle ne devait point, hélas, revenir à ses sens dans les bras du roi son époux. Celui-ci en effet, désireux de mettre à profit la rapidité de sa victoire, avait décidé de porter la guerre dans les Etats qui bordaient le royaume de l'autre côté. La reine ne put qu'applaudir à une décision qui ferait du roi le plus grand monarque que la terre ait porté.

Le roi et ses avions revinrent au bout de dix ans. La reine cette fois ne voulut point défaillir et l'attendit sans bouger au pied du palais. Le roi, cependant, pressé de porter ses conquêtes vers le nord, survola seulement le palais et ne revint pas avant dix autres années. Les courriers n'apportaient à la reine que nouvelles de victoire et elle se réjouissait avec la cour des vertus de son époux. Lorsque la guerre du nord fut finie, elle se fit réflexion que pour aller vers le sud, il faudrait bien au roi et à ses conseils d'administration passer par le palais pour se ravitailler, mais pensant la ruse supérieure à la logique, elle fit tenir à son époux par télégramme qu'elle était mourante et désirait le voir.

Le roi arriva en moins d'années qu'on ne saurait le dire et s'empressa aussitôt au chevet de son épouse. L'essoufflement que sa hâte lui avait donné l'empêcha de manifester à celle-ci la tendresse qu'il espérait après une si longue absence. Rassuré néanmoins, il put bientôt repartir vers le nouveau front de ses guerres.

Or la reine ne guérissait point, et c'est avec désespoir que ses sujets virent bientôt dépérir une souveraine respectée et que le destin semblait avoir tant gâtée. Installée sur sa couche funèbre, au milieu des larmes et des gémissements, la reine, comme frappée de stupeur, attendait la mort.

Le roi revint. Dans les couloirs désertés, les courtisans s'écartaient douloureusement à son passage. Un prêtre, appelé à la hâte, célébrait les derniers rites. Le roi approcha. C'est alors que la reine entrouvrit les jambes et laissa échapper un dernier... enfant. La surprise qu'elle en eut la retint de mourir. Le roi, transporté de joie, vit qu'il avait une fille. Ses sujets virent dans ce miracle la récompense d'un règne long et glorieux et le meilleur auspice pour la suite de la guerre. On fit un beau baptême, plus beau qu'on ne saurait le dire. Il y eut des fées, des cadeaux, et tout allait comme maintes fois raconté lorsqu'un vieux sorcier, irrité pour quelque obscure raison, se leva soudain et déclara que la petite princesse se percerait la main d'un fuseau et tomberait dans un profond sommeil qui durerait cent ans, au bout desquels, si elle avait de la chance, un fils de roi, peut-être, viendrait la réveiller.

Le roi, qui était bon père, s'apprêtait à faire interdire les fuseaux par tout le territoire, bien que depuis longtemps l'usage en eût été abandonné et qu'il eût été ardu d'en trouver un seul hormis dans les musées, lorsqu'un « halte là » soudain résonna avec force dans la salle. Tous les yeux se tournèrent vers le catafalque, et c'est avec une surprise mêlée d'horreur qu'on vit la reine – que chacun tenait déjà pour défunte – sauter légèrement de sa couche et descendre vivement les marches qui menaient au berceau de son enfant. Sa démarche était joyeuse, ses joues roses, et il y avait sur son visage un air de décision qui ne laissait pas de surprendre chez une souveraine qui avait été si rêveuse.

Elle prit la petite fille dans ses bras, l'embrassa tendrement puis, la gardant là, se tourna vers le sorcier :

– Votre prédiction est du passé, dit-elle, c'est moi qui ai dormi cent ans et cela suffit, partez, nous n'avons que faire de vous.

Puis se tournant vers la cour en riant :

– Ce n'est pas en se piquant qu'on s'endort ni en voyant un fils de roi qu'on se réveille, mais c'est en voyant un fils de roi qu'on se pique et qu'on risque bien de s'endormir pour cent ans.

Et vers le roi :

– Réveillons-nous, mon amour, abandonnons ces accoutrements de roi et de reine, et faisons l'amour.

Il me faut ici inventer ces paroles, car il n'y eut personne pour les coucher par écrit. Au même moment, la cour et ses courtisans disparurent comme par enchantement, le palais aussi, et la guerre elle-même, la guerre magnifique, se trouva émiettée en une série de travaux confus dont nul n'eût songé à faire le compte rendu.

Le roi, la reine et leur enfant se mirent en quête d'une H.L.M. et j'ai appris dernièrement qu'ils avaient même abandonné cette dernière demeure et vivaient en vagabonds sur les routes. Mais je sais qu'ils s'aiment chaque jour et que le soir, ensemble, lorsque le soleil descend sur les petites départementales, au bord des champs dorés ou des falaises où bat la mer, à côté de leurs bicyclettes, ils s'amusent à se rappeler les événements étranges de leur vie et à toute cette longue et inexplicable fantasmagorie.

Petit Pantalon Rouge, Barbe-Bleue et Notules

Dans une chaumière, à quelque distance d'un village, vivait une petite fille, la plus vive qu'on pût voir. Sa mère, qui n'avait point d'époux, et sa mère-grand, qui en avait eu plusieurs, en étaient folles. Elles lui firent faire un petit pantalon rouge qui lui seyait si bien que désormais partout on l'appelait « Petit Pantalon Rouge ».

Petit Pantalon Rouge croissait en force et en sagesse. Sa mère lui enseigna à ne point craindre les sentiers gris de l'aube, ni les brouillards qui traînent au crépuscule d'étranges fantômes, ni le vent qui hurle d'affreuses folies, ni la pluie si triste qu'elle décompose le cœur, ni les tempêtes qui parlent de la fin de toute chose. Elle plongeait dans les tourbillons et les cascades, grimpait aux pointes des arbres les plus hauts, et bientôt, comme sa mère qui était une forte et solide femme, elle sut refaire la toiture que le temps disjoignait, labourer les champs que le gel ou le soleil désolait, et si bien assembler un mur que rien ne pouvait le renverser.

Sa mère-grand, quant à elle, lui racontait les aventures qu'elle avait eues dans le vaste monde, et l'instruisait par ses livres et ses souvenirs de mille choses que les paysannes du village eussent été bien étonnées d'apprendre.

Mais ces femmes, qui étaient prudentes autant que courageuses, avaient toujours pris soin que Petit Pantalon Rouge ne se trouve seule le soir dans les lieux écartés. Autour de la chaumière en effet, tournaient de nombreux loups, et lorsque la neige tombait, l'un ou l'autre, plus hardi ou plus affamé, quittait l'orée du bois et s'avançait sur le sentier. Aussi Petit Pantalon Rouge fut-elle bien surprise lorsqu'un jour sa mère lui dit :

– Petit Pantalon Rouge, voici la gomme-qui-colle-tout, va et joue avec le loup.

Petit Pantalon Rouge sortit de la maison et fit ainsi que sa mère lui avait dit. Lorsqu'un loup fut venu assez près, elle jeta la gomme entre ses longues dents pointues. Celui-ci, croyant avoir attrapé une main et peut-être même un bras, referma aussitôt les mâchoires, mais lorsqu'il voulut les rouvrir pour mastiquer sa proie, il s'en trouva bien empêché. Petit Pantalon Rouge sauta alors sur son dos.

– Loup, promène-moi, dit-elle.

Le loup, surpris, fit deux fois le tour de la maison. Et Petit Pantalon Rouge le trouva supérieur aux chiens, aux ânes, aux gorets qu'elle avait jusque-là chevauchés.

Le lendemain, sa mère l'appela encore, puis elle lui donna la gomme-qui-colle-tout, ainsi qu'un fouet et lui dit :

– Petit Pantalon Rouge, voici la gomme et le fouet, va et joue avec le loup.

Un second loup s'étant approché sur le sentier,

Petit Pantalon Rouge sortit et courut jusqu'à lui. Elle jeta la gomme dans la gueule qui s'ouvrait, sauta sur le dos, et cravachant la bête de son fouet lui fit faire plusieurs fois le tour de la maison. Les oreilles du loup, fouettées par le vent, étaient plaquées contre sa tête, sa queue battait comme un oriflamme, son ventre rasait le sol, et Petit Pantalon Rouge accrochée au poil, les yeux plissés, et presque étourdie par l'odeur fauve, fixait le paysage qui fonçait sur elle avec ses lignes droites grisantes et ses tournants traîtres. Parfois le loup tournait vers elle ses yeux rouges, et alors les crocs, collés sous les babines, se découvraient, mais Petit Pantalon Rouge n'en avait cure.

Le troisième jour, la mère appela sa fille et lui donna la gomme, le fouet, ainsi qu'un long brandon dont l'extrémité rougeoyait comme une braise. Puis elle dit :

– Petit Pantalon Rouge, voici la gomme, que tu connais, et le fouet que tu connais, et voici aussi un brandon que tu ne devras pas lâcher. Mais n'oublie pas, la porte sera fermée, et tu ne pourras pas rentrer avant le jour.

Avec une petite cordelière dont elle vérifia soigneusement le nœud, elle attacha alors le brandon au poignet de sa fille, et l'ayant embrassée tendrement, elle rentra dans la demeure et en ferma la porte à clé. Petit Pantalon Rouge se trouva dehors et fort pressée d'aller jouer. Mais les loups cette fois, plus portés à l'observation qu'à l'action, ne bougeaient point de l'orée du bois.

– Cousin, y retournerez-vous? demandait-on au premier loup.

Celui-ci, dont les mâchoires avaient retrouvé

quelque jeu, réussit à répondre, quoique avec une certaine lenteur :

– Elle est trop maigre, ses jambes me perçaient la peau.

– Et vous? demanda-t-on au second loup.

Mais ce dernier, dont la mésaventure était plus récente et pouvant à peine lever une dent sur l'autre, ne réussit qu'à susurrer :

– U, u, u.[1]*.

– Parlez plus clair, dirent les autres, étonnés. Nous ne vous entendons point.

– Mon cousin est enroué, dit précipitamment le premier loup. Quelque méchant virus, que lui aura donné cette fille.

– Mais aussi, que faisait-elle sur votre dos?

– Elle n'était pas sur notre dos, dit le premier, préférant le mensonge au déshonneur.

– Nous l'y avons vue pourtant.

– C'est un effet d'optique, chers cousins, qui vous aura trompés.

– E, é, o, i, renchérit le second loup[2].

– Bien loin de nous diriger, elle nous courait derrière, puisque nous ne voulions pas d'elle, reprit le premier.

– Oua, oua, approuva le second[3].

– Comment avez-vous pu sentir ses jambes alors, qui vous perçaient la peau?

– Cousins, fit alors le premier loup en tirant héroïquement sur ses mâchoires, je ne voulais pas vous décevoir. Cette fille était sur notre dos et nous comptions vous la rapporter, mais elle nous a échappé, voilà toute la vérité.

* Note 1 et suivantes : voir « Notules » à la fin du conte.

– A, in, s'écria le second, à qui cet effort violent enleva presque une dent[4].

Cependant Petit Pantalon Rouge, plantée dans le sentier, s'ennuyait fort, et comme rien ne venait, elle se résolut enfin à descendre plus avant. Bientôt elle fut si près du bois que l'un des loups ne put résister. Il arriva en trottant de côté, comme une bête à la longue mémoire, et sa méfiance était telle que Petit Pantalon Rouge dut presque frotter son nez contre le sien pour qu'enfin, brusquement, il ouvrît la gueule. Elle y jeta alors la gomme-qui-colle-tout, et sautant sur son dos, ordonna :

– Loup, promène-moi.

Mais ce loup, plus rusé que les deux premiers et instruit par leur aventure, au lieu de prendre ce tour de la maison où, bernés par leur cavalière, les deux naïfs n'avaient fait que suivre leurs propres traces, s'enfuit vers la forêt où l'attendaient les autres loups, ses cousins.

C'était la nuit déjà, et les ombres noires, massées à la lisière du bois, allaient et venaient avec brusquerie. Petit Pantalon Rouge les vit, elle fouetta sa monture du plus fort qu'elle le put, et le loup emporté passa au grand galop à travers la muraille des fauves. Mais bientôt ils le rejoignirent. La cavalière, voyant le jeu s'animer, ne perdit pas contenance. Elle serra fort les jambes sur les flancs du loup, leva le brandon qui s'enflamma à une hauteur prodigieuse, et la cavalcade commença. D'une main Petit Pantalon Rouge fouettait la croupe du loup, de l'autre elle faisait tournoyer la flamme échevelée, les yeux de braise filaient entre les arbres, le poil du loup fumait, le brandon crépitait, enfin l'aurore vint. Sous la cravache, le loup exténué revint près de la chaumière où attendaient la mère et la mère-grand. Elles lavèrent et couchèrent Petit Pantalon Rouge, qui dormit ensuite trois jours et trois nuits.

Or, à peu près dans le même temps, un homme qui avait de belles maisons à la ville et à la campagne, de la vaisselle d'or et d'argent, des carrosses tout chromés, et tout ce qu'il est plus agréable d'avoir que de ne pas avoir, résolut de prendre femme. Mais par malheur, cet homme avait la barbe bleue. Les lasers et les hormones étant encore inconnus, rien ne pouvait cacher sa disgrâce : il n'était femme ni fille qui ne s'enfuît devant lui.

Il demanda en mariage toutes les princesses du pays. Comme il était immensément riche, sa demande était d'abord considérée d'un bon œil par les rois, leurs pères. Mais lorsque les demoiselles voyaient enfin le prétendant, en chair et os devant elles, elles ne manquaient pas de s'évanouir, ce qui tout aussi immanquablement faisait s'évanouir le mariage. Et le soupirant se voyait éconduit avant même d'avoir pu faire son compliment et gagner, par l'art de sa parole, ce qu'il n'espérait emporter par son visage.

Barbe-Bleue demanda ensuite en mariage toutes les dames de qualité qui n'avaient point encore d'époux ou l'avaient perdu par quelque hasard. Ces dames, fort en désir de mari, l'accueillirent avec faveur, mais bien vite il leur paraissait que la chasteté était préférable à la compagnie d'un homme dont la barbe différait si grandement de celle des autres hommes qui leur avaient donné du plaisir ou chez qui elles avaient pensé en trouver.

– Mesdames, disait alors Barbe-Bleue, le bleu n'est-il pas la couleur du ciel, de la mer, et de votre belle robe de velours?

– Certes, disaient ces dames.

– Et la couleur du ciel, de la mer, et de votre robe de velours n'est-elle pas une belle couleur?

– Elle l'est, répondaient les dames qui ne voyaient là pas grand piège.

– Et si quelque objet sans éclat par hasard prend du ciel la teinte céleste qui s'y reflète, en trouvez-vous le bleu moins beau?

– Nous ne le trouvons pas, riaient les dames qui se croyaient revenues au temps où, petites filles, leur précepteur les instruisait.

– Et si quelque poisson transparent passe dans une crique claire, le bleu de la mer sera-t-il moins beau pour être vu dans ses nageoires?

– Il ne le sera pas, disaient les dames.

– Il sera même plus beau, disaient d'autres dont le cœur étourdi déjà se laissait exalter.

– Et si votre belle robe de velours laissait choir sa couleur, disait Barbe-Bleue encouragé, et si ce bleu qu'elle montrait tout à l'heure pour la joie de vos admirateurs se trouvait maintenant sur la dentelle de vos gants ou le satin de vos souliers, ce bleu en serait-il moins bleu et moins beau?

– Il ne le serait pas, qu'allez-vous chercher là! s'exclamaient les dames qui toutes possédaient au moins une paire de souliers ou une paire de gants assortie à la robe tant admirée de leur prétendant.

– Vous convenez donc, mesdames, que la

beauté de la couleur est indépendante de son support, qu'il s'agit en quelque sorte d'une beauté idéale qu'aucune incarnation matérielle ne saurait dégrader?

– Sans doute, répondaient les dames.

Bien que n'entendant rien à ces derniers discours, elles n'y voyaient cependant rien d'étrange, car il leur rappelait les leçons que, jeunes filles, elles avaient eues avec leur maître de philosophie, fougueux et convaincant jeune homme qu'elles avaient accoutumé d'approuver en tout.

– Donc mesdames, disait Barbe-Bleue, peu importe le lieu pourvu qu'il y ait le bleu?

– Nous l'accordons.

– Donc ce bleu que vous aimez, peu importe qu'il se trouve sur ma barbe plutôt que dans mes yeux?

– Mais il importe, il importe, se récriaient les dames.

– Comment mesdames, disait Barbe-Bleue que tant d'illogisme confondait, n'avez-vous pas dit le contraire tantôt?

– Il n'était pas question de barbe alors, disaient les dames.

– Est-ce à dire que si l'azur de ma barbe était dans mes yeux...? insistait cet homme malheureux.

– Mais il n'y est pas! disaient les dames. Il n'y est pas!

Et tous les raisonnements de Barbe-Bleue ne pouvaient les faire démordre de cette constatation-là.

– Sans compter, ajoutaient les plus cruelles,

qu'il n'y a pas plus d'azur sur votre barbe que sur le nuage de l'orage ou l'aile lugubre du corbeau.

A ce dernier trait, Barbe-Bleue dut bien alors s'avouer vaincu et il lui fallut prendre congé, renvoyé par des femmes dont l'esprit, incapable de s'élever jusqu'à la couleur pure, demeurait prisonnier de ses vils soubassements.

Il demanda alors en mariage toutes les servantes des palais, des châteaux, des hôtels particuliers et des hôtels tout court. Mais celles-ci, à peine l'eurent-elles vu qu'elles lui rirent au nez, le prenant pour quelque bouffon de théâtre ou quelque masque de carnaval, et rien de ce qu'il put dire ne réussit à les convaincre du sérieux de sa demande et de sa personne, tant il est vrai que l'amour et l'hilarité font rarement ménage ensemble.

Il rechercha alors les filles des rues, ruelles et trottoirs, et celles-ci l'eussent volontiers accepté, mais ce qui les dégoûtait fort, c'est qu'il avait déjà épousé plusieurs femmes et qu'on ne savait ce que ces femmes étaient devenues. De telles pratiques leur rappelaient trop l'état qu'elles désiraient quitter et, puisque le sort les avait placées sous la coupe d'un protecteur, elles préféraient encore celui qu'elles avaient, car au moins sa barbe n'était point bleue.

Enfin il en vint aux paysannes, et pour peu qu'elle n'eût un pied dans la tombe ou dans le berceau, se fût résolu à courtiser la plus loqueteuse, la plus scrofuleuse ou la plus crottée, comptant bien que ses richesses seraient à ces défauts un remède rapide et infaillible. Mais les temps n'étaient plus où un homme riche, d'un salut de son chapeau emplumé, pouvait enlever le cœur d'une bergère. La télévision avait pénétré dans les foyers, et les paysannes ne rêvaient que de ces speakers aux joues bien nettes et dont le teint est si particulier qu'il n'existe pas de mot pour le décrire.

La mère-grand, à cause de ses voyages en toutes sortes de contrées, eut sans doute été la seule à pouvoir regarder d'un œil égal un homme qui semblait si particulier à toutes les autres femmes, mais, étant repartie courir le vaste monde, elle n'entendit point parler de ce nouveau parti qui battait la ville et la campagne. Quant à la mère, fort occupée de sa fille, et sa fille, fort occupée des loups, elles n'en entendirent point parler non plus.

Or il arriva qu'un jour la mère de Petit Pantalon Rouge l'appela et lui dit :

– Va jusqu'au village, porte à l'auberge cette galette et ce petit pot de beurre et demande si l'on a des nouvelles de ta mère-grand. Mais n'oublie surtout pas la gomme, le fouet et le brandon.

Petit Pantalon Rouge chercha un loup et, l'ayant trouvé, partit aussitôt, portant dans son panier la galette et le petit pot de beurre, et dans les grandes poches de son pantalon, la gomme, le fouet et le brandon. Elle allait ainsi sur le sentier, prenant bien soin de diriger son loup, lorsqu'un carrosse s'arrêta et un homme qui était dedans dit :

– Belle enfant, ce loup t'emmène-t-il?

– Non, dit Petit Pantalon Rouge, c'est moi qui l'emmène.

– Et où vas-tu en ce dangereux équipage?

– Je vais à l'auberge du village porter cette

galette et ce petit pot de beurre, et demander des nouvelles de ma mère-grand.

– Le chemin est long et tu es bien chargée. Monte dans le carrosse et je te conduirai.

Petit Pantalon Rouge lâcha donc son loup qui fila aussitôt à travers la campagne, les mâchoires collées et la queue entre les jambes. Puis, serrant bien ses poches contre elle, elle s'assit près de l'homme qui lui avait parlé. Elle vit alors sa barbe et lui dit :

– Par ma mère et ma mère-grand, votre barbe est bien bleue!

– C'est parce que je trouve cela plus drôle, dit Barbe-Bleue. Pas toi?

– Certes, répondit Petit Pantalon Rouge, et elle rit.

Bientôt le carrosse, quittant la route, prit à travers le bois, brisant les branches des arbres et faisant fuir devant lui toutes sortes d'animaux délogés.

– Par ma mère et ma mère-grand, ce carrosse est bien téméraire! dit Petit Pantalon Rouge.

– C'est que je répugne aux sentiers battus, dit Barbe-Bleue. Pas toi?

Petit Pantalon Rouge, qui sautait à chaque cahot, rit.

– Certes, répondit-elle.

Cependant les paysages se suivaient, aucun ne se ressemblait, et Petit Pantalon Rouge dit :

– Par ma mère et ma mère-grand, je ne connais pas ce chemin.

– Il nous mène comme au cinéma, dit Barbe-Bleue soulevant le rideau de sa portière, n'aimes-tu pas cela?

Et Petit Pantalon Rouge, se sentant en effet transportée, rit encore une fois.

– J'aime cela, dit-elle.

Enfin on arriva sur une colline où se dressait un magnifique château. Le carrosse s'arrêta, on descendit, et Barbe-Bleue, qui était le maître de cette demeure, fit entrer Petit Pantalon Rouge et la conduisit jusqu'à une salle où une table servie brillait de mille reflets.

– Cette auberge n'est pas celle du village, dit Petit Pantalon Rouge.

– Et préfères-tu celle du village? demande Barbe-Bleue.

– Par ma mère et ma mère-grand, je préfère celle-ci, dit Petit Pantalon Rouge, qui ne savait pas mentir.

– Alors mangeons, dit Barbe-Bleue, que cette mère et cette mère-grand commençaient fort d'ennuyer.

Cependant il n'en montra rien, et pendant le dîner qui fut aussi long qu'il put le faire durer, il fit tant de tours, raconta tant d'histoires, montra tant d'astuce et de gaieté que Petit Pantalon Rouge en oublia enfin sa mère et sa mère-grand. Puis il fallut bien faire desservir la table, et ils se retrouvèrent seuls dans la grand-salle. Barbe-Bleue, qu'une si longue attente précédée de tant de cruelles déceptions avait rendu tout à la fois fort impatient et fort prudent, se trouva pris de court. Il ne savait que faire ni que dire. C'est alors que PPR, remarquant dans son vêtement quelque chose qui l'intriguait, fit sonner sa voix claire.

– Barbe-Bleue, dit-elle, montrez-moi donc votre brandon.

– C'est qu'il faut m'épouser d'abord, balbutia celui-ci en rougissant, persuadé d'avoir une fois de plus tout perdu.

Mais PPR, ne se tenant pas d'essayer cet autre brandon, accepta sur-le-champ ce qu'on lui proposait et le mariage fut aussitôt célébré. Ce ne furent alors que promenades dans les sentiers bleus, escalades sur les rochers altiers, baignades dans les rivières d'argent, pique-niques, poésie, et enthousiasmes fous qui surgissaient comme le vent et faisaient danser le paysage jusqu'à ce qu'il n'y ait plus qu'à se laisser tomber au sol et se perdre dans le grand ciel laiteux qui semblait alors descendre en parachute comme un duvet de plumes très doux. Et la nuit, BB et PPR ne dormaient point, se faisant mille malices, échangeant leurs brandons, et s'amusant comme seuls peuvent le faire deux êtres fort épris l'un de l'autre et que l'isolement maintient dans une sorte de rêve éveillé.

Nul ne sachant ce qu'était devenu Barbe-Bleue, et PPR continuant d'oublier sa chaumière et ses parentes, ce bonheur eût pu se poursuivre longtemps lorsque la barbe au visage de Barbe-Bleue se mit à pousser prodigieusement.

A peine la coupait-on qu'aussitôt elle repoussait, des reflets noirs apparurent par endroits, c'est un buisson bientôt qui entoura le maître du château.

On ne pouvait l'approcher, chaque poil était une épine qui blessait et déchirait, on ne pouvait non plus lui parler, car la barbe avait envahi les oreilles, et pas une phrase n'y arrivait qui ne fût déchiquetée et rendue presque le contraire d'elle-même. Quant à ce que disait Barbe-Bleue, ce n'était plus que fragments déformés et qu'il lui fallait crier si fort que sa voix même en était méconnaissable.

Plus de jeux, plus de malices, les brandons eux-mêmes s'enflammaient à contretemps ou ne s'enflammaient plus, celui de Barbe-Bleue disparut tout à fait sous les ronces de sa barbe et PPR oublia jusqu'à l'existence du sien.

On en était là lorsqu'un matin Barbe-Bleue, dont la barbe menaçait maintenant d'atteindre les membres supérieurs et inférieurs et tout ce qui restait de lui, fit chercher sa femme et, à l'aide de gestes et de grognements, lui fit comprendre qu'il partait en voyage et qu'il ne reviendrait que lorsque sa barbe aurait cessé de pousser. Il lui donna les clés de tout le château, ce qui faisait un trousseau presque aussi grand qu'elle, ainsi qu'un passe-partout qui pourrait la tirer d'embarras, dût-elle perdre l'une ou l'autre de ces clés. PPR vit cependant qu'il en gardait une, la dernière de toutes, mais elle était si petite qu'elle n'y prit pas garde. Enfin Barbe-Bleue brusqua les adieux, monta à grand-peine dans son carrosse et partit pour son voyage.

Ce fut dans le château un grand soulagement, car son humeur s'était fort altérée et, depuis que sa barbe s'était transformée en buisson de ronces et d'épines, il n'était personne qui n'eût eu à souffrir, à un détour ou un autre, de quelque cruelle atteinte.

PPR se ressouvint alors de sa chaumière et de ses parentes, et les fit quérir toutes deux. Malheureusement, dans leur joie de revoir PPR, celles-ci ne songèrent point à garder le secret, le bruit se répandit, et bien des invitées qu'on n'avait point priées s'empressèrent chez la jeune mariée, tant elles avaient d'impatience de voir l'ogresse qui n'avait point reculé à épouser cette Barbe-Bleue qu'elles avaient trouvée si peu à leur goût.

Elles vinrent toutes, les princesses, les dames de qualité, les servantes, les filles et les paysannes, et elles furent fort surprises de ne trouver, en place de l'ogresse, qu'une petite fille de village vêtue d'un modeste pantalon rouge et ayant gardé le maintien de son ancienne condition. Les voilà aussitôt à parcourir les chambres, les cabinets, les garde-robes, s'extasiant à qui mieux mieux et regrettant leur délicatesse passée.

« Si je n'avais été aussi bête, se disait chacune, ce serait moi la maîtresse de ces richesses, et non ce Petit Pantalon Rouge qui ne sait ni s'habiller ni se tenir. »

Les princesses accusèrent alors les rois, leurs pères, de les avoir mal instruites dans l'art de l'évanouissement, « car, disaient-elles, si l'on s'évanouit d'abord, on ne peut juger ensuite, aussi vaut-il mieux juger d'abord et ne s'évanouir qu'après ». Les dames de qualité accusèrent leurs mères de les avoir élevées dans des idées de princesse quand il eût mieux valu avoir celles d'une servante. Les servantes dirent à leurs maîtresses, les dames de qualité, qu'elles regrettaient les manières délicates qu'on leur avait données chez elles, et qu'elles eussent mieux fait d'imiter les filles. Les filles s'en prirent à leurs protecteurs, dont elles trouvaient les bienfaits très inférieurs à ceux de Barbe-Bleue. Et les paysannes s'aperçurent que la télévision les avait trompées quant à l'apparence des princes charmants. Il s'ensuivit dans le pays une si grande confusion qu'elle dure encore aujourd'hui. Aussi PPR se trouva bien heureuse lorsque tout ce monde fut parti et qu'elle se retrouva seule avec sa mère et sa mère-grand.

Il lui revint alors, comme bien souvent en ce cas, le souvenir de son mariage avec Barbe-Bleue, de leurs promenades, de leurs baignades et de leurs enthousiasmes fous. Mais là-dessus s'étendait aussitôt l'affreux roncier qui les avait séparés et elle ne savait que penser.

Elle s'alanguit, le petit pantalon rouge flottait sur ses hanches, et tout attrait était parti du brandon qui l'avait tant amusée.

Or, une nuit qu'elle ne dormait point, il lui sembla entendre dans le calme sépulcral du château un bruit tel qu'elle n'en avait jamais entendu, si faible qu'il n'était qu'un fantôme de bruit, le son d'un autre monde.

– Mère, mère-grand, dit-elle, s'asseyant épouvantée dans son lit, entendez-vous?

– Ce sera un chat, dirent ces femmes dont rien ne troublait le sommeil.

– Ce bruit est plus faible, dit PPR.

– Une souris alors, dirent ces femmes.

– Plus faible encore.

– Une aile de chauve-souris?
– Oh plus faible, bien plus faible.
– Un moustique tombé de son nid?
– Plus faible qu'un moustique, dit PPR, mais la mère et la mère-grand s'étaient rendormies.

Chaque nuit, PPR, se réveillant en frissonnant, entendait ce bruit montant comme une vapeur des fonds du château. Et bientôt la mère et la mère-grand durent se rendre à l'évidence : ou leur enfant s'amollissait de la tête, ou elles durcissaient de l'oreille. Dans la bonté de leur cœur, elles n'hésitèrent point et, cherchant désormais à résoudre le mystère, supplièrent PPR de leur raconter tout ce qui s'était passé en leur absence. Celle-ci, qui jusque-là n'avait point voulu les chagriner, ne put retenir son cœur et fit un récit complet à partir du premier jour où elle avait pénétré dans le château jusqu'à celui où Barbe-Bleue était parti pour son voyage.

– Sais-tu ce qu'ouvre cette petite clé qu'il ne t'a point donnée?
– Non, ma mère, il ne m'en a rien dit.
– Connais-tu toutes les pièces du château?
– Non, ma mère-grand, il ne me les a point fait visiter.
– Cet homme te cache quelque chose, dirent ces femmes soudain rendues à l'action. Il faut le découvrir.

La demeure était vaste et la tâche immense, il y avait d'innombrables clés à essayer, des jours se passèrent et elles commençaient à se décourager, pensant qu'après tout la petite clé n'était peut-être apparue que dans un rêve.

C'est alors que PPR, qui cherchait de son côté en un coin éloigné du château, eut l'idée de sortir son brandon, qu'elle avait jusqu'ici oublié.

Après quelques clignotements indécis, celui-ci donna enfin une lueur, quoique fort pâle, et PPR aperçut un petit escalier dérobé, devant lequel pourtant elle était déjà passée plusieurs fois. Elle s'y jeta avec tant de précipitation qu'elle pensa se rompre le cou. Plusieurs couloirs s'ouvraient en bas, tous plongeant vers les ténèbres.

PPR ne savait de quel côté prendre et balançait depuis un moment lorsque soudain il lui sembla entendre le bruit qui l'avait épouvantée tant de nuits. Si faible, était-ce la plainte de l'air, un frôlement, quelque objet malade achevant de se décomposer? Mais tout en ces sombres entrailles de la terre était immobile, les couloirs étaient vides, nulle trace d'un être vivant, bête, oiseau ou insecte.

Le bruit revint, il s'élevait du couloir qui descendait devant, dans la pente la plus raide. Elle s'y engagea. Le couloir tournait et retournait, comme un rêveur dans un tourment nocturne, comme un intestin pris d'un mal secret. D'autres couloirs prenaient çà et là sur les côtés, PPR suivait le bruit.

Parfois celui-ci s'arrêtait et il lui fallait aussi s'arrêter. C'est à l'une de ces pauses forcées et qui semblait ne devoir jamais finir que PPR, sentant la peur venir, décida de rebrousser chemin et d'aller chercher sa mère et sa mère-grand. Mais lorsqu'elle se retourna, elle comprit son erreur et l'horreur de sa situation. Il n'y avait partout, s'embranchant les uns dans les autres, que couloirs tous semblables. Un pas dans l'un ou l'autre, et elle se trouverait perdue dans un labyrinthe où nul ne l'entendrait jamais crier.

– Oh ma mère et ma mère-grand, que me servent votre gomme et votre fouet, et même votre brandon, s'écria amèrement PPR.

Là-dessus le brandon vexé cessa de brûler et elle se retrouva dans l'obscurité la plus totale.

– Que n'ai-je lâché des petits cailloux!

– Ou un long fil!

– Ou un cheveu!

– Oh pourquoi, pourquoi suis-je venue!

Ainsi se lamentait PPR, immobile, et n'osant ni avancer ni reculer. Or un soupir lui répondit, une voix humaine qui se plaignait et pleurait.

PPR se remit en marche, et au fur et à mesure qu'elle avançait, les plaintes devenaient plus déchirantes, il y avait plusieurs voix qui se relayaient ainsi dans un concert affreux. Enfin le couloir s'arrêta, PPR était devant une petite porte si basse et si étroite, et avec une serrure si petite, que c'est à peine si on la devinait[5]. A cet instant la plainte reprit, et ce qu'entendit PPR lui glaça le sang.

– Notre frère, que nous as-tu fait!

– Notre époux, que nous as-tu fait!

– Qui êtes-vous? dit-elle d'une voix tremblante.

– Nous sommes les épouses et les frères de Barbe-Bleue, répondirent les voix.

– Combien êtes-vous? dit PPR.

– Nous sommes sept, répondirent les épouses.

– Nous sommes deux, répondirent les frères.

– Qui es-tu? demandèrent les épouses.

– Je suis l'épouse de Barbe-Bleue.

– Malheureuse! s'écrièrent les voix. Barbe-Bleue nous apporte une autre prisonnière.

– Je suis seule, dit PPR, et je viens vous délivrer.

– As-tu la clé?

– Non, dit PPR, Barbe-Bleue l'a emmenée dans son voyage[6].

Derrière la porte, les lamentations reprirent.

– Il part en voyage, sa barbe devient noire, quand il reviendra, il te tuera.

– Comment? dit PPR.

– Quand il reviendra, il te tuera, dirent les voix.

– Il m'aime, dit PPR.

– Il te tuera, dirent les voix.

– Fantômes menteurs, dit PPR tournant les talons.

– Ne pars pas, crièrent les voix.

– « Quelle confusion, se dit alors le brandon, jamais nous n'en sortirons[7]. »

« Agissons, reprit-il, car l'affaire se traîne. » Là-dessus, il rassembla ses forces et se mit à briller plus vivement, ce qui eut pour effet d'éclairer les esprits enténébrés. Si étroite en effet qu'était la serrure, il y passait néanmoins un peu de sa lumière. On s'expliqua.

Ce qui était arrivé avec les frères était arrivé avec les épouses. Barbe-Bleue, si tendre d'abord qu'on en oubliait son étrange barbe, ne tardait pas à se transformer, un buisson de ronces poussait sur lui, obstruant ses oreilles et sa bouche et déchirant tout sur son passage. Il partait alors en voyage, et lorsqu'il revenait, c'était un monstre sans pitié qui poursuivait ses victimes jusque dans ce sombre séjour où, avec une petite clé, il les enfermait. Après quoi, il reprenait sa forme première et tout recommençait. Ils étaient neuf maintenant dans le placard, affreusement serrés et presque mourants, et si on ne les délivrait sur l'heure, sûrement c'étaient là leurs dernières paroles.

Epouvantée, PPR promit de les sortir de là. Mais elle-même, comment sortir? Enfin le brandon, qui s'était un peu assoupi pendant ces discours, se remit à briller comme il fallait, le chemin se retrouva sans effort, et bientôt PPR eut rejoint sa mère et sa mère-grand qui commençaient grandement à se soucier. Elle leur dit :

– Montez au sommet de la tour pour voir si Barbe-Bleue ne vient point. Il m'avait promis qu'il serait là aujourd'hui et si vous le voyez, faites-lui signe de se hâter.

Les deux femmes montèrent au sommet de la tour et PPR redescendit au souterrain.

– Frères et épouses, vivez-vous? criait-elle du fond du couloir.

– Oui, disaient les voix.

Et aussitôt elle courait au pied de la tour.

– Mère et mère-grand, voyez-vous quelqu'un qui vient?

– Non, disaient les femmes.

Et elle courait au souterrain.

– Vivez-vous encore?

– Oui, disaient les voix.

Et elle courait à la tour.

– Voyez-vous quelqu'un?

– Non, disaient les femmes.

Et PPR montait et descendait, et les « oui » étaient plus faibles et les « non » plus las. Enfin, le brandon s'impatientant de jouer son grand rôle, il me faut faire d'une longue journée quelques minutes. Disons donc qu'un nuage de poussière apparut sur la route, et avec lui le carrosse de Barbe-Bleue qui revenait à son foyer. « Oui », crièrent les femmes, « à peine », murmurèrent les voix, le carrosse entra et PPR se précipita. Mais, ayant passé vite sur ces points bien connus, il me faut m'attarder sur ce qui se passa alors, car au fil traître et tortueux du temps, de nombreuses erreurs se sont glissées, et je ne puis manquer kaintenant à les redresser.

Barbe-Bleue descendit, mais ce n'était plus Barbe-Bleue, l'époux aimant de PPR. De longs poils noirs le couvraient des pieds jusqu'à la tête, ses yeux brillaient comme des braises sanglantes, et dès qu'il aperçut sa femme, un hurlement féroce sortit de sa gorge, un long hurlement qui se répercuta à travers les couloirs du château et fit trembler d'effroi tout ce qui y vivait.

Alors PPR se souvint de la forêt obscure et du sentier devant sa chaumière, elle se souvint de la gomme et du fouet qui n'avaient jamais quitté sa poche, et des loups violents qu'elle avait chevauchés, et de sa course folle la nuit avec la meute sauvage, et du brandon qui flambait comme un grand incendie. Tout l'amour qu'il y avait en elle tomba au fond de son cœur comme une lourde pierre, ses yeux se plissèrent, son regard devint aigu, et lorsque Barbe-Bleue s'élança sur elle, la gueule grande ouverte, PPR fit un bond de côté, prestement sortit de sa poche la gomme-qui-colle-tout et la jeta entre les dents luisantes. Surpris, le fauve claqua les mâchoires, qui ne se rouvrirent point. PPR sortit alors le fouet, et frappant sans merci, le somma de lui donner sur-le-champ la petite clé. Le loup alors poussa un son effroyable, une sorte de sifflement qui sortait d'entre ses crocs serrés comme le bruit de mille vipères prisonnières. Ses pattes de devant se soulevèrent du sol, son poil se hérissa, il bondit. Mais il ne trouva devant lui qu'un mur, car sa proie s'était encore une fois jetée sur le côté. Le château jusque dans ses fondations trembla de l'horrible choc. Enfin le monstre, rendu insensible au fouet, chargea PPR une troisième fois et avec tant de fureur qu'il lui eût certainement brisé tous les os si celle-ci, saisissant enfin le brandon, ne l'eût brusquement fait reculer.

C'est ici qu'il faut nous arrêter particulièrement et rendre louange au brandon qui, s'élevant merveilleusement au-dessus de sa modeste nature, fit ce prodige si remarquable pour lequel j'ai entrepris de raconter ce conte dans toute sa vérité.

Ce brandon rassembla toute la flamme qui était en lui et, s'élançant avec décision, s'accrocha aux moindres poils de la Barbe-Bleue et fit tant et si bien malgré ses cris qu'en un instant tout fut consumé.

La flamme s'éteignit et le brandon, las et noirci, retomba dans l'oubli. Devant PPR stupéfaite, se trouvait un bel homme, plein de grâce virile et de ferme douceur. Son visage était lisse, et seul un léger reflet indiquait que sa barbe tirait sans doute un peu sur le bleu.

– Merci, dit sobrement cet homme, allons vite

délivrer mes frères et ces pauvres femmes s'il en est temps encore.

Tout le monde se précipita dans le souterrain et, dans la bousculade devant la porte si basse, sous les voûtes qui pesaient, on perdit encore un peu de temps.

– Etes-vous là? suppliait PPR, tandis que son époux, les mains tremblantes, s'acharnait sur la minuscule serrure.

Nul ne répondait et on croyait déjà tout perdu lorsque enfin la porte s'ouvrit et tout s'expliqua. Aucun des habitants du placard n'était encore décédé, mais tous se croyant trahis et pensant que Barbe-Bleue revenait pour les tuer, préféraient faire le mort.

Je passe sur la joie des retrouvailles, ne pouvant savoir avec certitude qui, dans cette confusion, embrassait qui. Enfin on retrouva un peu de raison, on remonta à la surface, les plus forts portant les plus faibles, et Barbe-Bleue, ayant réuni tout son monde dans la grande salle du château, prit un appui sur la table et réprimant un tremblement, parla d'une voix ferme.

– Lorsque je fus en âge de me marier, dit-il, un sort me fut jeté : je ne pourrais vivre sans l'amour d'une femme, mais sitôt que je l'aurais obtenu, il me faudrait tuer la malheureuse qui me l'aurait donné. Ce sort m'accabla. Je jurai de vivre dans le célibat et de ne jamais jeter les yeux sur ce qui m'était un tel danger. Hélas, je vis cette femme, dit-il se tournant vers sa première épouse. Il me sembla qu'il serait impossible de vouloir nuire à une créature aussi exquise, je me crus sauvé et l'épousai. Mais après quelques mois, en dépit de mes efforts, ma barbe se mit à pousser démesurément et avec elle d'horribles appétits de meurtre. Mes nerfs ne cessaient de trembler, des pensées noires comme des crapauds sortaient de ma bouche et tout ce qui tombait dans mes oreilles me semblait empoisonné, un buisson de ronces me séparait des autres, je souffrais si fort que je fus à deux doigts de me jeter du haut de la tour ou de me livrer aux médecins. A la place, je décidai de partir en voyage, espérant ainsi oublier ma torture. Mais la pensée de cette femme dans mon château ne me lâchait point, enfin il me fallut revenir, et tout ce que je pus faire pour contrer le sort fut d'enfermer la malheureuse avec du pain et de l'eau au lieu de la dévorer toute vive comme je l'aurais dû. Et ainsi sept fois l'histoire se répéta.

Là-dessus, sa voix se brisa et il s'arrêta.

– Ne me condamnez pas sur cette sinistre répétition, reprit-il au bout d'un moment dans le silence général. C'est qu'après chaque aventure, une fois la femme jetée au cachot et mon corps revenu à lui-même, tout s'effaçait de ma mémoire et je recommençai donc avec le même espoir. Ce que le sort ne m'avait point dit, c'est que seule une femme sans peur saurait me délivrer, et bien lui en prit, car s'il l'avait fait, sans doute n'aurais-je jamais jeté les yeux sur un si Petit Pantalon Rouge.

Tout le monde pleurait, et Barbe-Bleue lui-même pouvait à peine retenir ses sanglots. Car, avec la mémoire, lui étaient revenus bien de doux moments et bien d'amers, tous multipliés par sept, et déjà il prévoyait d'affreuses complications, des déchirements, qui sait même des procès, et pire que tout, un abandon qui ravagerait son cœur redevenu doux et bon. Mais il se reprit et, se tournant vers la mère et la mère-grand, poursuivit en ces termes :

– Mesdames, je vous sais gré d'avoir élevé votre fille et petite-fille sans peurs et sans entraves, de l'avoir dès son enfance habituée aux loups, et de m'avoir ainsi permis d'échapper à une affreuse destinée. Pour vous récompenser, je vous offre tout ce qui, dans mes domaines, pourrait vous tenter.

La mère-grand, qui commençait à être en l'âge où l'on souhaite se ranger et lasse sans doute de courir le monde, dit qu'il lui plairait fort d'épouser celui des frères de Barbe-Bleue qui était le plus jeune. La mère, qui avait pourtant toujours aimé changer de galant, remuée par quelqu'un de ces mystérieux concours de circonstances qui parfois orientent une vie, dit que l'autre des frères avait pris son cœur et qu'elle en demandait à l'instant la main. Les deux frères, lassés de tant d'années d'horreur et de folie, se voyant courtisés par des femmes aussi solides que sensées, acceptèrent avec joie.

Barbe-Bleue se tourna ensuite vers les sept femmes, auxquelles s'était jointe Petit Pantalon Rouge. Elles formaient une sorte de fleur étrange, ces sept femmes qu'un long séjour au placard avait rendues si pâles, avec en leur milieu le pistil rouge et plein de sève de la huitième qui les avait sauvées et semblait, par sa force, les retenir de tomber comme des pétales fanés.

Chacun de ces pétales, ainsi que le pistil, avait tout son amour, puisqu'il les avait aimées chaque fois d'un cœur frais et entier, mais s'il y avait là les sept objets d'amour des sept personnes qu'il avait été, sans parler de PPR si rose et vive qu'elle lui arrachait presque la vue, il n'était plus en cet instant qu'une seule personne, privé de ces copies de lui-même qui l'eussent tiré d'embarras, et certes il souffrait d'une étrange souffrance, telle qu'aucun humain n'en a jamais connu et qui était peut-être le tour ultime de ce sort qui lui avait été jeté. Il lisait aussi, dans la pâleur de ces épousées si récemment sorties de l'ombre, toute l'immensité de son forfait, et la tache ardente que faisait PPR au milieu ne faisait qu'aviver son horreur.

Il y avait là une fleur aussi vénéneuse qu'attirante, près de laquelle il sentait sa vie si fortement gonflée qu'elle semblait prête à rompre ses digues et à s'échapper d'un coup tout entière, le laissant alors exsangue dans un désert d'arides regrets.

Or le sort encore une fois déjoua ses prévisions. Sous ses yeux stupéfaits, les pâles pétales, loin de se faner et tomber, s'inclinaient l'un vers l'autre par deux, tant et si bien qu'il n'y eut bientôt que trois gros pétales soudain beaucoup moins pâles, un pétale mince, et un pistil rouge toujours au milieu.

– Mesdames, dit Barbe-Bleue, tant d'émotions m'ont sans doute affaibli, il me semble qu'il me vient des troubles de la vue, permettez que je me repose.

Le brandon, obligeamment, voulut se précipiter et s'offrir comme banc, mais n'étant plus aussi vigoureux qu'au temps de sa magie, il ne put soutenir le poids d'un si bel homme et se brisa d'un côté avec un bruit sec. Barbe-Bleue crut que son cœur se rompait et s'évanouit pour de bon.

L'une de ses oreilles cependant ne s'évanouit pas, et voici ce qu'elle recueillit :

– Le pauvre homme, hélas! disait la voix la plus faible.

– Pauvre homme my foot, dit une autre voix nettement plus affirmée. Vous êtes bien bonne, ma sœur, de vous apitoyer, et vous oubliez bien facilement le mal qu'il nous a fait.

– Mais n'est-ce pas grande pitié, reprit la voix la plus faible, de voir tant de force ainsi répandue sur le plancher, comme une simple eau de vaisselle?

– C'est fort bien fait, dit une autre voix, et je ne sais ce qui me retient de l'asperger à ma façon.

– Savez-vous, mes sœurs, qu'il m'avait promis de m'arracher aux chaînes maudites de la cuisine?

– Et moi à celles des langes.

– Et moi à celles du couvent.

– Et moi à celles de l'enseignement.

– Well, mes sœurs, tout cela pour quoi?

– Pour nous mettre au placard!

– Mais, dit la voix frêle, il vous l'a dit, ce n'était point sa faute.

– Décidément, notre sœur, vous n'y entendez rien. Gardez-le donc pour vous, puisqu'il vous plaît tant.

– Mais que lui direz-vous?

– La vérité, ma sœur. Qu'au placard si longtemps, nous avons appris à nous connaître, et qu'il n'est point besoin d'un homme pour rendre des femmes heureuses.

A ces mots, l'oreille de Barbe-Bleue se mit à vibrer si fort qu'elle réveilla le dormeur tout entier. Il lui fallut se rendre à l'évidence. Ses sept femmes sauf une, au placard confinées, s'étaient aimées d'amour tendre, et cet amour tendre, rendu au grand jour, restait ferme et ne cédait à aucun autre attrait. Les sept femmes moins une, jointes par paires qui ne faisaient qu'un, étaient en somme devenues trois.

La première surprise, puis la première douleur passées, Barbe-Bleue se retrouva devant le même dilemme qu'auparavant, pas moins ardu pour s'être réduit en ses éléments. Il restait la dernière de ses sept femmes, et Petit Pantalon Rouge. Son cœur, trop éprouvé, n'émettait plus que de faibles signaux, cependant il lui semblait que ceux-ci devaient le porter en direction de PPR. Ne l'avait-elle pas en effet connu en son état ancien comme en son état nouveau, n'était-ce pas elle la cause de son désenvoûtement, et ne serait-elle pas mieux à même, en cas de récidive de son mal, de le guérir de nouveau?

C'était du moins ce qu'essayait de souffler le brandon, poussant à grand effort vers lui quelques dernières fumées, et à PPR, malgré sa faiblesse, il s'efforçait d'en envoyer tout autant.

– E e o, disaient les faibles volutes, é on a, é ou a o e é i e[8].

Les consonnes, plus lourdes, retombèrent à l'intérieur du bois et le discours qui parvint à PPR n'avait plus grand sens. Fumées, fumées et cendres, jamais le passé ne ressuscitera! Le brandon, malgré toute sa bonne volonté, ne put ranimer cette flamme-là.

– Adieu, monsieur, dit Petit Pantalon Rouge, acceptez l'amitié que je dois à un grand-oncle, oncle, ex-époux, et presque beau-frère. Prenez soin de vos deux belles-sœurs, mes mère et mère-grand, ainsi que de vos deux frères, vos six ex-femmes, et votre épouse.

– Madame, n'ayez crainte, vous m'avez sauvé d'un destin affreux, ma reconnaissance vous est éternelle, et s'il me revenait quelques mauvaises poussées, vos mère et mère-grand, mes belles-sœurs, m'administreraient aussitôt de la potion de Témesta, qui dit-on calme fort les mauvais sorts.

– Je pars donc, Barbe-Bleue.

– Petit Pantalon Rouge, adieu.

Lorsque tous les autres adieux furent faits et Petit Pantalon Rouge enfin postée sur la grand-route avec son panier en guise de baluchon, la septième femme, celle qui n'avait pas fait alliance avec l'une ou l'autre de ses sœurs, angoissée soudain et presque éplorée, sortit en courant du château et se jeta aux pieds de PPR.

– J'ai peur, dit-elle.

– Ne l'aimes-tu donc pas? dit PPR.

– Je l'aime et ne l'aime pas, dit la malheureuse femme.

– Ecoute, dit PPR, je te donne ma gomme, mon fouet et mon brandon. Ils pourront t'apprendre bien des choses.

La septième femme restait à genoux, l'air égaré.

– Tu pourrais peut-être t'exercer sur les chiens ou sur les chats, dit PPR regardant l'épouse sans trop d'espoir.

– Je n'oserai jamais, dit cette pauvre femme,

mais elle prit la gomme, le fouet et le brandon en souvenir de sa bienfaitrice.

Et PPR s'éloigna. Lorsqu'elle eut marché un moment, elle s'arrêta et regarda le château. Des larmes coulaient sur ses joues. Alors elle sortit de son panier la galette et le petit pot de beurre, qui jamais ne se desséchaient (c'était là leur magie), s'en fit une grande belle tartine et mordant dedans à pleines dents, reprit son chemin.

De devant le château, la septième femme, qui avait regardé PPR s'éloigner, voulut poser une ultime question.

– Où vas-tu donc? cria-t-elle du plus fort qu'elle le put.

Mais qui peut répondre à telle question?

NOTULES

1. Des recherches récentes autorisent à penser que les consonnes manquantes dans le discours du loup aux mâchoires scellées pourraient être respectivement : « p s r ». Le texte se lirait alors « Pue, sue, rue » et pourrait se comprendre de la façon suivante : « Elle pue, elle sue, elle rue. »

Certains exégètes, mécontents de cette interprétation, dont ils reconnaissent le bien-fondé formel mais récusent la grossièreté signifiée, ont avancé une autre théorie. Selon celle-ci, « u u u » devrait s'entendre : « je l'ai vue, je l'ai eue, je m'en fus. »

Je résumerai brièvement les objections généralement opposées à cette dernière thèse. Pourquoi le loup, dans une phrase visiblement marquée par la symétrie, passerait-il soudain au passé simple après deux passés composés? Une autre concerne le sens lui-même. Non seulement le loup n'a pas « eu » Petit Pantalon Rouge, mais de plus il sait fort bien que tous ses cousins ont été témoins de cette défaite, ce qui permet d'éliminer l'hypothèse d'une vantardise.

Il faut aussi signaler une curieuse école de pensée, communément nommée « la fluviale », selon laquelle rien ne revient jamais deux fois. L'argumentation de ses tenants dans le cas qui nous intéresse est la suivante : il est impossible que la célèbre formule de César se trouve répétée deux fois. Le loup du conte, étant un simple loup de village, n'a pu avoir connaissance des dits de l'empereur. Il ne s'agit donc pas d'une citation, d'un plagiat, ou de quelque parodie à but d'ironie. Or, comme il ne peut s'agir non plus d'une répétition due au hasard, la phrase incomplète du loup ne peut en aucun cas être : « Je l'ai vue, je l'ai eue, je m'en fus. »

Sans vouloir entrer dans cette querelle, il ne me paraît pas vain d'introduire ici une simple remarque de bon sens. Les voyelles échappées des dents collées du loup ne sont pas « i i i », ce qui devrait être le cas si son intention avait été de citer le latin impérial et donc de dire « Veni, vidi, vici ». Il n'y a donc pas eu répétition et l'argumentation spécieuse de « la fluviale » tombe d'elle-même.

Pour ma part, je me contenterais volontiers de penser que le loup n'a rien voulu prononcer d'autre que les trois voyelles rapportées, et que celles-ci, loin de représenter une phrase organisée, n'étaient que l'expression naturellement sommaire d'une incertitude due à des sentiments contradictoires et trop évidents pour qu'il soit nécessaire de les nommer. « U u u » se lirait donc bien « U u u ». Mais il reste entendu que, n'étant que conteuse et non théoricienne, je ne soumets ici cette hypothèse qu'avec la plus entière modestie.

Que le lecteur me pardonne cet exposé inhabituel, mais j'ai cru bon de donner un aperçu de cette étonnante querelle qui a fait couler tant d'encre et où se sont affrontés tant d'éminents folkloristes, linguistes, sémiologues, sémioticiens, historiens, critiques, latinistes, psychanalystes, psychologues et stomatologues.

2. « E é o i » : on s'accorde généralement à penser qu'il s'agit des voyelles de « effet d'optique ».

3. « Oua, oua » : probablement « pouah, pouah ».

4. « A in » : deux interprétations ont été avancées : « Ah, bien » et « Catin ». La seconde est la plus communément admise.

5. Il ne m'a pas échappé que, dans l'obscurité où

l'avait laissée le brandon, PPR ne pouvait voir cette porte et cette serrure. Il est possible que cette incohérence soit le fruit d'une interpolation.

6. Nouvelle incohérence. Barbe-Bleue n'avait-il pas laissé à sa femme un passe-partout? Ou bien faut-il conclure que ce passe-partout n'ouvrait pas cette serrure-là? Mais en ce cas, pourquoi le conte en a-t-il gardé le souvenir?

7. Selon d'autres versions, le brandon ne parla pas et l'aventure se perd là dans ce souterrain, ou encore se divise en deux, renvoyant PPR aux intestins d'un loup et Barbe-Bleue à la lame qui lui fendit les siens. Sans compter que toutes ces versions sont fort cruelles, je me fie ici au brandon qui, bien qu'imparfait, était du moins fée.

8. Discours de la fumée : « Quel bel homme, quel bon parti, et tout à votre service. »

Les sept géantes

Un roi délaissait son épouse. Un jour, cette épouse était assise près d'une fenêtre encadrée d'ébène et cousait. Soudain des flocons blancs arrivèrent par milliers, papillotant devant ses yeux. La reine, aveuglée, se piqua. Le sang qui tomba était si rouge sur la neige blanche et la piqûre si vive à son doigt que la reine, troublée et sentant remuer en elle son long chagrin, murmura :

– Oh puisse mon enfant être la plus belle de toutes les femmes et que meure celle qui voudra l'égaler.

Ayant dit, aussitôt elle eut voulu retirer ses paroles, car elle était bonne et avisée et voyait bien les maux que son souhait ne manquerait pas d'attirer, mais voilà que sous le cadre noir de la fenêtre, parmi les flocons blancs qui pénétraient en nuées, la malheureuse reine à la fois donnait le jour à son enfant et perdait la vie.

La petite fille montrait déjà trois des dons que sa mère avait voulu lui faire : sa peau était de neige, ses joues de rose, et ses fins cheveux noirs comme l'ébène. Quant à la reine mourante, sombre était son cœur pour cette naissance déjà orpheline, rouges ses yeux qui avaient tant pleuré, et soudain toute blanche sa chevelure à cause de ce souhait si imprudemment formulé et qui donnait toutes marques de se voir exaucé.

Un chasseur qui, lui aussi, contemplait le paysage, entendit un vagissement. Il trouva l'enfant glacée sous la neige et la réchauffa contre son cœur. Et tout en réchauffant l'enfant et veillant la reine, il songeait aux malheurs qui arrivent dans les palais, le cœur ému de surprise et de pitié. C'était un chasseur nouvellement arrivé en ces lieux et qui regardait toutes choses de l'œil profond des étangs au fond des bois.

La reine ouvrit les yeux et, voyant son enfant sauvée et à l'abri dans les bras du chasseur, fit le vœu ardent que toujours l'un à l'autre ils demeurent fidèles, puis pensant à ses derniers moments :

– Jeune homme, dit-elle au chasseur, je te demande une faveur. Retiens le roi afin que je puisse mourir ici en paix.

– Madame, je le ferai, dit le chasseur, et l'enfant ayant repris vie, il la porta au roi, son père.

– Sire, voici votre enfant.

Le roi, qui jouait au piquet, ne voulut point se déranger.

– Pose-le là, dit-il au chasseur, montrant le trône princier qu'il avait exprès fait construire par ses meilleurs artisans pour le futur héritier.

Le chasseur, jugeant bien que l'enfant, trop faible pour s'y tenir, ne pourrait que tomber et se rompre le cou, la garda dans ses bras.

– Voilà qui est fait, sire, dit-il, tournant simplement le dos comme s'il admirait le trône et son occupant.

– Mets-lui la couronne, dit le roi.

Le chasseur regarda cette couronne qui avait été faite par les plus grands joailliers et estimant qu'elle pesait à peu près le poids d'un chevreuil, se contenta de la poser sur le trône.

– Lui sied-elle bien? dit le roi.

– Admirablement, dit le chasseur.

– Alors, sois heureux d'avoir le premier couronné ton futur souverain, dit le roi qui se plaisait fort aux plaisanteries.

– Sire, c'est une fille, dit le chasseur.

Le roi, vivement fâché, se leva et voulut gronder le chasseur d'avoir assis sur le trône une simple fillette qui n'avait rien à y faire. Mais voyant que le chasseur s'en était bien gardé, il loua sa sagesse et jura de l'employer pour les tâches les plus hautes lorsqu'il s'en présenterait. Le chasseur salua et dit :

– Sire, la reine est morte.

Le roi, derechef, se sentit vivement fâché.

– Que ne l'as-tu dit d'abord? Le protocole fait passer la reine avant la princesse.

– Sire, c'est à cause des courtisans, dit le chasseur s'approchant pour parler bas.

– Comment? dit le roi.

– Votre Majesté doit attendre qu'ils s'éloignent, dit le jeune homme, trouvant l'audace de parler au roi en s'imaginant à la tête de sa meute de lévriers.

Un roi, parfois, n'est pas plus que ses chiens, et

celui-ci, comme s'il avait reconnu la voix d'un maître, cessa de questionner et se tut.

Les courtisans, lassés de n'avoir à contempler qu'une fillette dans les bras d'un chasseur et un roi qui perdait au piquet, les uns après les autres se retirèrent, saluant bien bas et félicitant le roi.

– Sire, permettez-moi de vous conduire, dit alors le jeune homme.

Lorsque le roi arriva près de son épouse, il vit le noir chagrin qui avait obscurci son visage, et les larmes amères qui avaient rougi ses yeux, et la chevelure toute blanche qui avait poussé en son dernier moment et l'entourait comme une immense gerbe de lys funèbres.

– Quelle horreur! s'exclama-t-il.

– La reine avait souci, dit le chasseur.

Mais le roi, qui n'entendait rien au souci des femmes, ne pensait qu'à l'heureuse circonstance d'être venu seul sans sa cour.

– Il eût été fâcheux que les courtisans voient cette sorcière, dit-il.

Et de nouveau, il loua le chasseur de sa sagesse et jura de faire appel à lui, par-dessus les plus grands de son royaume, dès qu'il verrait une tâche à la hauteur de sa valeur. Le roi avait à peine parlé qu'aussitôt cette tâche exceptionnelle lui apparut.

– Je te confie la dépouille de mon épouse, dit-il solennellement, et te nomme ici même grand ordonnateur de ses funérailles. Tu seras à toi seul le cortège, le corbillard, et le fossoyeur d'une reine. Mais, ajouta-t-il, prends bien garde que nul ne te voie.

Le chasseur ramassa donc la reine morte dans

ses bras et, au crépuscule, l'emmena dans la forêt où il l'enterra sous un tertre d'herbes au pied d'un grand chêne.

Puis il chercha ce qu'il pourrait déposer sur la tombe en guise de souvenir et, ne trouvant rien en ces lieux déserts, il sortit son grand couteau et le coucha entre les herbes. Il s'assit alors sur le tertre et songea.

Le roi, revenu parmi sa cour, fit couvrir les sept miroirs de son palais, puis partit en voyage chercher une autre épouse. Au bout d'un mois il revint, sa nouvelle épouse avec lui.

Les courtisans furent fort surpris de voir une reine coiffée comme un page, vêtue comme un cavalier, et chaussée de bottines élastiques qui lui faisaient faire deux pas à la fois au lieu d'un. Ils furent encore plus surpris de voir le roi accoutré de la même façon, quoiqu'il le fût en rose fraise alors que la reine l'était en vert pomme. Mais ils n'eurent guère le loisir d'admirer davantage leurs souverains car la reine, voulant se délasser du voyage et se remettre bien vite à sa thèse interrompue par les noces, décida aussitôt de faire le tour du palais en courant et le roi la suivit, quoique soufflant un peu. Les courtisans, peu habitués à d'aussi rapides manières, restèrent où ils étaient, se contentant de se tourner afin d'accueillir leurs Majestés courantes lorsqu'elles arriveraient par l'autre côté.

Au premier tour de palais, la reine, qui ne courait que pour mieux étudier et s'intéressait médiocrement aux antiquités royales, ne trouva nulle part motif à ralentir sa course et arriva bonne première avant le roi, devant la troupe massée des courtisans qui aussitôt plongèrent jusqu'à leurs chausses, heureux d'accomplir enfin le salut qu'ils répétaient depuis un mois.

Ainsi plongés, ils ne virent pas que la reine ne les regardait pas. Ils l'entendirent seulement prononcer un chiffre auquel ils ne comprirent rien, mais comme ensuite elle applaudissait, ils jugèrent bon de suivre son exemple et d'applaudir à leur tour.

Quel ne fut leur embarras cependant, lorsque le roi arrivant enfin, suant et soufflant, la reine prononça un autre chiffre – bien supérieur au premier – suivi d'une suite de sons qu'ils ne reconnurent pas. Celle-ci en effet criait à pleins poumons « Bou, bou, bou ». Ne sachant ce que l'étiquette recommandait en cette circonstance nouvelle, les courtisans se tournèrent vers le chambellan. Celui-ci, par sa fonction se devant de connaître les langues étrangères, estima que c'était là l'accueil qu'au pays de la reine on réservait à un roi après une absence et, pour mieux commencer sa cour auprès de sa souveraine, prononça d'une voix forte et sans hésiter « Bou, bou, bou ». Les courtisans aussitôt s'écrièrent « Bou, bou, bou ». Et le roi les ayant regardés sans bonté, ils attribuèrent son courroux à leur prononciation défectueuse et s'y reprirent une seconde fois, criant « Bou, bou, bou » d'autant plus fort, tant il est vrai qu'à la cour il vaut mieux être blâmé pour un excès que pour un manque de zèle. Ce malentendu, hélas, ne devait pas être oublié et allait porter son ombre longue sur celle qui en était la cause.

Au second tour du palais, la reine aperçut une

enfant qu'elle ne connaissait pas et sept miroirs recouverts.

– Qui est celle-ci et que sont ceux-là? demanda-t-elle au roi.

– Ma fille et mes miroirs, répondit celui-ci, avec cette simplicité qui n'appartient qu'aux rois essoufflés.

La nouvelle reine se prit d'une grande affection pour l'enfant esseulée et dès que celle-ci fut en âge d'être portée sur le dos, l'emmena avec elle dans ses tours du palais, le roi ayant depuis longtemps abandonné une pratique où il ne gagnait ni flatterie ni décoration.

Lorsque la neige revint, la première année de deuil se trouvant à son terme, on dévoila le premier miroir. La reine, en son tour matinal, vit courir à elle du fond de la galerie une image qui lui ressemblait. Mais qu'on juge de son étonnement lorsque le miroir, faisant entendre une voix, lui parla en ces termes :

– Reine, si tu n'as la taille la plus fine en ce pays, tu mourras.

La reine fut fort effrayée et, se rappelant la vaisselle d'or et d'argent qui brillait dans la grand-salle du château, les larges fourneaux que chaque jour on tenait rougeoyants, les sangliers, daims, chevreuils, lièvres, cailles et surgelés que rapportaient les chasseurs, les repas si longs qu'à peine le dernier fini, il fallait se mettre au suivant, elle crut sa dernière heure venue. Elle se fit excuser auprès du roi et passa le jour en exercices, jeûnes et macérations, et lorsque le soir fut venu et les courtisans retirés, la reine retourna au miroir et lui dit :

– Miroir, oh miroir, qui a la taille la plus fine en ce pays?

Et le miroir répondit :

– Reine, c'est toi.

La reine, soulagée, se remit à l'étude et la cour la vit avec joie réapparaître aux déjeuners et dîners du roi. Un matin cependant que, comme à l'ordinaire, elle passait en courant à travers les galeries du palais, afin d'éveiller son esprit et de le mieux préparer à l'austérité d'une journée de livres, le miroir de nouveau parla :

– Reine, Blanche-Neige a la taille la plus fine en ce pays.

– Miroir, oh miroir, dit la reine désespérée, l'enfant Blanche-Neige est belle et je ne veux pas l'égaler.

– Reine, dit le miroir, si tu n'as la taille la plus mince en ce pays, tu mourras.

La reine s'en fut se plaindre au roi, mais celui-ci lui répondit que les miroirs étant ceux de ses ancêtres ne sauraient davantage que les pierres du palais être déplacés et qu'il lui faudrait les souffrir ou les ouïr. La reine, ne voyant là guère de choix, se remit à la macération et le soir venu retourna au miroir.

– Miroir, dit-elle, qui a la taille la plus fine?

Et le miroir répondit :

– Reine, c'est toi.

Au bout de deux ans, comme le voulait la coutume, on dévoila le second miroir. Et lorsque la reine devant lui vint à passer, voilà qu'il se mit à parler.

– Reine, dit-il, si tu n'as le teint le plus clair en ce pays, tu mourras.

La reine, effrayée, s'en fut aussitôt par les bois et les prairies, cherchant les herbes rares et les rosées les plus pures, et lorsque le soir fut venu, elle courut au miroir et dit :

– Miroir, qui en ce pays a le teint le plus frais et le plus éclatant?

Et le second miroir répondit :

– Reine, c'est toi.

Lorsque le troisième miroir fut dévoilé, la reine, déjà si mince et si claire, pâlit et ploya car le miroir demandait la chevelure la plus soyeuse du royaume, et les courtisans étonnés la virent désormais chaque soir peigner ses longs cheveux à la lune, ce qui, la chevelure d'une reine étant fort abondante et les nuits d'un palais fort courtes, l'amenait invariablement jusqu'à l'aube, heure à laquelle il lui fallait déjà se mettre à l'ouvrage pour la collecte de ses herbes afin de n'être pas en retard pour ses exercices et macérations.

Le quatrième miroir, la fixant dans les yeux, exigea le regard le plus limpide du royaume, le cinquième la voix la plus mélodieuse, quant à ce que dit le sixième, il me faut le rapporter ici en entier et laisser à chacun le soin d'interpréter d'aussi étranges paroles :

– Reine, oh reine, une minute, cric crac, une fois, deux fois, trois fois, feu d'artifice et feu de joie, ou tu mourras.

La reine n'étudiait plus, la reine ne mangeait plus. Elle posait sur sa peau masques et lotions, et peignait ses cheveux à la lune, et trempait ses yeux aux ruisseaux, et chantait avec le rossignol et la fauvette, et les miroirs disaient « reine, si tu n'es la plus belle... » et la reine disait « Miroir, qui est la plus belle? » et les miroirs répondaient « Reine, c'est toi la plus belle ».

Mais la reine s'épuisait. Les macérations ternissaient ses belles couleurs, les longs peignages à la lune cernaient son regard et enrouaient sa voix. Pour répondre au premier miroir, il fallait manquer au second puis au troisième, et trop d'obéissance au second rendait infidèle au quatrième et au cinquième. Enfin bientôt, cette reine si fière ne put plus même complaire au sixième miroir.

– Reine, répéta-t-il un matin, une minute, cric crac, une fois, deux fois, trois fois, feu d'artifice et feu de joie, ou tu mourras.

Et la reine éplorée ne put que répondre :

– Miroir, oh miroir, une heure, frotte ci frotte là, sueur et eczéma, pas de résultat et patatras.

Lorsque le septième miroir fut dévoilé, la reine au matin s'en vint par les couloirs glacés du grand château, en chemise, pâle et nu-pieds. Les courtisans, lassés d'épier sous la lune le sein de plus en plus évanescent de leur souveraine, avaient rangé leurs jumelles et s'étaient couchés. Le roi, les membres rompus, s'était rendormi dans ses draps. La reine, seule dans les couloirs désolés, sans appui ni conseil, avançait. Enfin elle arriva devant le septième miroir et leva les yeux. Puis elle attendit.

– Miroir, oh miroir, dit-elle au bout d'un

moment, ne dis-tu donc rien à ta reine qui te regarde?

Mais le miroir se taisait et ne montrait à la reine qu'une profondeur d'argent où nul reflet ne voguait.

La reine, une seconde fois, alla voir le roi, et lui fit savoir que son septième miroir, gloire de son palais, ne lui faisait rien voir lorsque devant lui elle se présentait.

– Madame, dit le roi, si le miroir ne vous montre « rien » lorsque devant lui vous vous présentez, c'est que vous n'êtes « rien », et il ne sied pas qu'un « rien » importune le roi.

– Mais, dit la reine en tremblant, ne suis-je pas en ce moment devant vous et ne me voyez-vous pas?

– Madame, je vois ce que voient mes miroirs, legs de mes ancêtres, orgueil de mes sujets, et si mes miroirs ne vous voient pas, il me semble en effet que je vois que je ne vous vois pas. Et comme il ne convient pas à un roi de parler pour ne parler à personne, je m'abstiendrai désormais de m'adresser à ce qu'il me semble que je vois que je ne vois pas.

Les courtisans, massés aux divers trous des serrures royales, entendirent tout ce qui se disait dans la chambre. Aussitôt il leur sembla qu'un tain d'argent glaçait leur regard. Et lorsque la reine enfin parut au haut de la galerie, elle ne vit devant elle que marionnettes toutes raides, avec des yeux de verre dont aucun ne bougeait à son passage. Au bout de la galerie se trouvait l'escalier de marbre. Comme personne ne l'arrêtait, la reine le descendit, continua par l'allée, et se retrouva bientôt à l'orée du bois. Et comme c'était la nuit, les portes se fermèrent, et elle fut abandonnée.

Cette reine, qui avait passé tant d'années de sa vie à complaire à sept miroirs et n'était plus si jeune, avançait lentement, le cœur plein d'effroi.

– Où est le roi, se disait-elle, que j'ai suivi en ce palais? Où sont les livres que j'aimais? Où est la vigueur et la joie de mon corps?

La reine marchait dans les sentiers obscurs et bientôt un autre tourment lui vint au cœur.

– Où est l'enfant Blanche-Neige, avec qui je jouais si joyeusement?

Et songeant aux sept années où elle l'avait négligée, il lui venait un vertige qui la faisait presque défaillir.

Le bois était épais et épineux. Ses jambes trop minces faiblissaient, sa peau trop fragile s'écorchait, ses cheveux se prenaient dans les ronces, elle voulut percer l'obscurité mais son regard se déchira, elle voulut crier mais sa voix se brisa. La reine s'assit au pied d'un arbre et songea à la mort.

Pendant ce temps au palais, la nouvelle de la disparition de la reine se répandait parmi les courtisans, et tous baissaient la tête et se taisaient, attendant de voir ce que déciderait le roi, leur maître.

Le roi était dans l'embarras. Entre le chagrin et l'outrage, l'outrage enfin l'emporta et il lui parut que, puisque la reine semblait morte, il fallait qu'elle le fût vraiment.

Il fit donc venir son chasseur et, en secret, lui

ordonna d'aller par la forêt en quête de la reine, de la tuer, et de lui rapporter quelque objet pour foi de son travail.

Mais ce monarque, qui avait dans le cœur autant de circonvolutions qu'au cerveau et autant de tours qu'à l'intestin, sentit bien qu'il fallait à la puissance de Sa Majesté et de son âge ajouter quelque raisonnement de morale plus commune pour convaincre un chasseur si jeune et le porter sans défaillance au bout de sa mission. Il lui représenta donc que la reine était une sorcière, fort dangereuse pour le roi, pour les courtisans, pour le palais, pour les paysans, les veaux et les blés et qu'enfin, tant qu'elle vivait, la nature entière n'était qu'un fétu de paille sur la langue incandescente d'un dragon.

Le chasseur, songeur, s'en fut à sa tâche. Il trouva la reine sous son arbre, qui pleurait fort et pensait toujours à la mort.

– Il fait noir, dit le chasseur.

La reine, réconfortée que quelqu'un veuille bien la voir, cessa de pleurer.

– Il fait froid aussi, dit-elle.

– Il va neiger, dit le chasseur.

– N'avez-vous rien chassé encore? dit la reine.

– Ce qu'on me demande, madame, est si difficile à rapporter.

– Vous serez donc puni? dit la reine.

– Sans doute.

– Alors, dit la reine, voici ma bague. Vendez-la au village pour le gibier qu'on vous demande.

– Madame, merci, dit le chasseur.

Il prit la bague et s'en revint au palais, songeant à la bonté de la reine.

– La reine est morte, dit-il au roi. Voici sa bague, que je vous rapporte.

Le roi reconnut la bague et remercia le chasseur. Après quoi, il fit de nouveau couvrir les miroirs et commencer le deuil de sa seconde épouse.

La reine, restée seule dans les grands bois, se remit en marche. Des bêtes passaient devant elle, faisant bondir son cœur. Elle avait si grand-peur qu'elle ne savait de quel côté se diriger. Bientôt elle se mit à trébucher.

– Sept années, et nul bras pour m'aider, et mon propre bras lui-même sans force!

Ainsi se lamentait la reine en son épreuve. Cependant, elle ne songeait plus à la mort et, avançant ainsi tant bien que mal, elle se trouva soudain devant une maison si grande qu'elle la prit d'abord pour une futaie de hauts arbres. En y regardant de plus près, elle vit que c'était une cabane, simplement plus haute et plus large qu'on ne s'attend à les trouver dans les bois. Une lueur brillait derrière la fenêtre. La reine poussa la porte et regarda.

A l'intérieur, tout était grand. Sur la vaste table, il y avait six grandes assiettes, chacune avec sa grande cuillère, puis six grands couteaux et fourchettes, et six grands gobelets. Au milieu, sur une plaque chaude, fumait une énorme marmite.

La taille de ces objets eut sans doute fait reculer toute autre créature qu'une reine dont tant d'années s'étaient évaporées sur la surface impitoyable des miroirs d'un palais. Mais elle ne recula pas et s'enhardit bientôt jusqu'à pénétrer plus avant. Elle vit alors qu'il y avait une nappe de dentelle sur la table et que les assiettes étaient décorées de fleurs. Quant à la demeure tout entière, elle embaumait la soupe aux herbes des bois.

Cependant, la table était haute. La reine, renversant une chaise sur une autre, constitua une sorte d'escalier qui lui permit de monter jusqu'à la nappe. Elle tira ensuite les assiettes les unes sur les autres, constituant un second escalier qui l'amena jusqu'au rebord de la marmite, et là, sautant sur la cuiller comme sur une barque, la reine but et mangea au lac nourricier, puis s'endormit dans la cuiller, au milieu de la marmite.

Quand il fit tout à fait nuit, les maîtresses du logis rentrèrent. C'était les six géantes qui travaillaient dans les montagnes, creusant et piochant pour en extraire le minerai. Elles allumèrent leurs six grandes chandelles et dès qu'il fit clair dans la maison, elles virent que quelqu'un était venu, car tout n'était plus dans l'ordre où elles l'avaient laissé. Toutes à la fois, elles s'exclamèrent :

– Qui a renversé les chaises?
– Qui les a mises en escalier?
– Qui est monté sur l'escalier?
– Qui a bougé les assiettes?
– Qui les a mises en escalier?
– Qui est monté sur l'escalier?

Puis toutes, se penchant en même temps, s'exclamèrent :

– Et qui dort dans notre marmite?

Et prenant la cuiller par son manche, elles la firent tourner doucement sur la soupe, afin de mieux voir ce qui dormait au milieu.

– C'est une femme! dirent-elles l'une après l'autre, chacune tirant la cuiller de son côté de la marmite.

– Comme elle est maigre! dit la première géante, qui était large et forte et pour cette raison s'appelait « Grande Mamelle ».

– Comme sa peau est transparente! dit la seconde, qui avait les mains dures comme le cuir et pour cette raison s'appelait « Beau-Cal ».

– Et quel brouillamini! dit la troisième dont le crâne rasé l'avait fait nommer « Boule de Canon ». Et se penchant, elle souleva la masse emmêlée de la chevelure qui flottait dans la soupe comme un paquet de lianes. La reine à cet instant ouvrit les yeux.

– Comme son regard est triste! s'exclama celle dont l'œil était si vif qu'on l'appelait « Lance-Flammes ».

La reine, se voyant ainsi entourée, poussa un cri.

– Elle a une voix d'infançon! cria celle dont la voix tonnante écartait les bêtes fauves et ralliait les égarées et que, pour cette raison, on nommait « Trompette ».

La sixième, se penchant, prit la reine au creux de sa main et l'ayant tenue là quelques instants murmura :

– Et comme elle est froide!

Cette géante se nommait « Voluptueuse ». Et bientôt la reine, que le bouillon qu'elle avait pris dans la soupe n'avait réussi à réchauffer, sentit passer en elle une chaleur qui la ranima tout à fait.

Elle se redressa et supplia les géantes de la garder avec elles. La joie de celles-ci fut grande, elles mirent un septième couvert et désormais la reine les accompagna partout. Elle allait le jour dans les montagnes, et la nuit elle dormait avec Voluptueuse, dont le lit était le plus grand et toujours empli d'amants. La reine, qui n'avait connu que les dos tournés, les pleurs rentrés, et les aubes blanches dans les draps froids, retrouva vite sommeil et amour du prochain.

Ses forces lui revinrent, et un jour les géantes ne lui parurent point si grandes, et elle n'eut point besoin de tant d'escaliers pour accéder à la table et à son souper.

Cependant au palais, le roi qui poursuivait ses vieilles manies parmi ses vieux courtisans et ses vieux miroirs couverts, sentit un matin, comme une carie oubliée, se réveiller son outrage. Il fit de nouveau venir son chasseur et lui parla en secret.

– Une bague ne saurait me suffire, dit-il, car qui m'assure que le doigt qui la portait n'est pas encore plein de sève et prêt à gratter ce qui doit rester caché? Va, retourne à la forêt, et ramène-moi quelque morceau de la reine plus apte à me satisfaire.

Il avait en outre, comme la première fois, préparé une petite harangue propre à animer de vaillance un jeune chasseur qu'il voulait tout à sa dévotion. Dans cette harangue, qui modifiait la première sur quelques points importants, il était prouvé que la reine était une sorcière par la faute de laquelle le chômage sévissait dans le pays, qu'il fallait s'en débarrasser par les moyens les plus prompts et les plus durables, et que, si on y manquait, les jeunes chasseurs eux-mêmes, malgré toute la bienveillance de leur roi, risquaient bientôt de se trouver sans emploi.

Le roi était fort content de cette composition où se mêlaient adroitement tant de considérations profondes et c'est avec joie qu'il s'apprêtait à en donner lecture, mais hélas il n'en eut pas le loisir.

– Sire, j'y cours, dit le jeune homme, et sans prendre même le temps de saluer, il enjamba la croisée et disparut vers la forêt, laissant le roi dans la perplexité.

– Mon peuple m'aime, finit-il par se dire, et là-dessus, il s'en fut à ses solitaires plaisirs, rêvant à ses jeunes chasseurs qui si lestement enjambaient les croisées de son palais.

Le chasseur n'eut pas de peine à trouver la reine, car souvent elle s'en venait se promener par les sentiers où la première fois, dans son tourment, elle l'avait rencontré. Il vit qu'elle avait coupé ses cheveux et s'arrêta.

– Madame, quelle surprise, dit-il, je passais.

– Ah, dit la reine, et que cherchez-vous cette fois?

– Du duvet d'oie, madame, pour faire un oreiller au roi.

– Le roi devra s'en passer, dit la reine, car je ne vois point d'oie.

– Le roi hélas a la migraine et n'entend point raison.

– Qu'arrivera-t-il alors? dit la reine.

– Madame, je perdrai mon emploi.

– En ce cas, venez, dit la reine. Je vous donnerai toutes mes boucles, que j'ai coupées. Elles sont douces et épaisses et, dans un oreiller, le roi les prendra bien pour du duvet.

– Madame, merci, dit le chasseur.

Et la reine l'amena jusqu'à la maison des géantes où elle lui donna sa chevelure. Puis elle le regarda partir, soupirant en son cœur qu'un chasseur si jeune et de si douces manières eût à courir les bois pour satisfaire aux folies d'un vieux roi.

Quant au chasseur, il n'avait pas le temps de soupirer, quelque envie qu'il en eût, car il était fort occupé à accrocher, partout où cela se pouvait, de petites mèches des cheveux qu'on lui avait donnés, afin de ne pas perdre, dans toute cette vaste et sauvage et sombre étendue, le chemin qui menait à une reine si bonne et si méprisée.

Enfin il arriva au palais et montra la chevelure au roi.

– Tu l'as prise à même la tête? dit le roi.

– Oui, sire, dit le chasseur.

– Tu as tiré fort et tranché d'un coup sec?

– Oui, sire, dit le chasseur.

– C'est ainsi que j'eusse fait, dit le roi.

– Votre Majesté garde-t-elle les cheveux? demanda le chasseur.

– Quelle horreur! dit le roi. Jette-les à la poubelle.

Le chasseur se retira et, loin de jeter les boucles à la poubelle, les plaça contre son cœur où elles lui tinrent plus chaud que le maigre drap des fournisseurs du roi.

Mais à quelque temps de là, de nouveau le roi fit venir son chasseur.

– Les cheveux ne suffisent pas, dit-il. Il me faut le cœur.

– Sire, dit le chasseur plein d'angoisse, la reine est morte depuis de longs mois. Son corps est mêlé aux feuilles mortes de vos forêts, je ne puis vous rapporter ni cœur, ni pied, ni main.

Le roi, se souvenant que les nouveaux chasseurs étudiaient désormais les sciences, ne voulut point passer pour un sot.

– Le mot « cœur » n'était que pour métaphore, dit-il. Je pensais à quelque os, bien sûr.

Puis, mécontent de sa bévue et désirant reprendre l'avantage, il revint vite à un sujet qu'il connaissait mieux et où il était certain de briller. La reine est une sorcière, recommença-t-il, et tout roi soucieux de sa tâche devait se tenir informé de la bonne continuation de sa mort, afin que nul fâcheux accident n'advînt à ses sujets, et particulièrement aux jeunes chasseurs qui s'y trouvaient naturellement plus exposés.

Le chasseur, qui n'écoutait pas, n'entendit pas que le roi avait fini.

– Eh bien, allez, dit le roi.

Le chasseur, l'air absent, s'en alla vers la porte à pas lents.

– Mon peuple m'aime moins, se dit le roi, qui avait tout exprès ouvert sa croisée afin de voir son jeune chasseur l'enjamber lestement.

Il résolut de faire venir un professeur de la cour et de se faire donner quelques leçons de science et autres futilités, afin de mieux mettre sa conversation à la portée de ses sujets.

Lorsque le chasseur arriva à la maison des géantes, la reine était dehors, qui bêchait le jardin.

– Quelle surprise, dit-elle, vous passiez?

– Madame, dit le chasseur qui ne savait que faire et cherchait à gagner du temps, j'ai dans ma négligence laissé tomber en partant plusieurs boucles de vos cheveux, le roi a trouvé son oreiller trop léger, et il m'a fallu revenir sur mes pas ramasser ce qui manquait.

La reine, qui ne croyait rien de ce long discours, se mit à rire et dit :

– Puisque tu es revenu jusqu'à moi, que me demanderas-tu cette fois?

Elle rit encore, et le chasseur vit alors qu'elle avait sur le devant une petite dent d'argent attachée par deux brins d'or.

– Je vous demanderai votre petite dent d'argent, dit-il éperdu.

La reine cessa de rire.

– Et que veux-tu faire de ma dent d'argent? dit-elle.

Mais le chasseur, rendu muet par son audace, ne trouva rien à répondre. Et plus il songeait, moins il lui venait de réponse. Dirait-il à la reine que le roi cherchait à la tuer? Peut-être la reine aimait-elle le roi, peut-être en mourrait-elle. Et s'il ne disait rien, sûrement elle concevrait d'étranges pensées et le renverrait à jamais. Le chasseur ne voyait que malheurs devant lui et ne pouvait décider quel était le plus grand.

Quant à la reine, elle se trouva fort malheureuse, car si elle désirait vivement donner ce qu'on lui demandait, elle sentait aussi vivement qu'elle ne pouvait donner sa dent, qui était sur le devant et faite si habilement que c'est à peine si on la distinguait des autres.

Et ainsi, ni l'un ni l'autre ne bougeait. Enfin le moment vint où le chasseur ne put demeurer plus longtemps et où il lui fallut bien s'en aller.

Lorsque les géantes rentrèrent, elles trouvèrent la reine tristement appuyée à sa bêche et ne bougeant pas plus que si elle avait été enchantée. Après s'être assurées qu'elle était encore en vie, ces femmes la questionnèrent pour savoir si quelque visite lui était venue en leur absence.

– Le chasseur du roi est venu, dit la reine.

Les géantes furent très fâchées d'apprendre que quelqu'un du palais était arrivé jusqu'à leur demeure.

– Que voulait-il? demandèrent-elles encore.

– Ma dent d'argent, dit la reine.

Les géantes voulurent ensuite savoir si cette rencontre était la première que la reine avait eue avec le chasseur.

– Il est venu une fois avant, dit la reine.

– Et que voulait-il alors?

– Mes boucles, que j'avais coupées.

Les géantes demandèrent alors si ces deux rencontres étaient les seules que la reine avait eues avec le chasseur.

– Il est venu une fois avant cette seconde fois, dit la reine.

– Et que voulait-il?

– Ma bague, que j'avais au doigt.

Les géantes eurent ensuite beau questionner la

reine, celle-ci ne voulut plus rien leur dire et alla se coucher seule sur une méchante paillasse qui se trouvait à l'arrière de la maison, dans un petit réduit.

Les géantes furent fort embarrassées. Et comme elles avaient accoutumé de faire lorsque, dans la montagne, un minerai profond ne se laissait pas venir à jour, elles se mirent toutes ensemble pour tirer de sa gangue le secret mystérieux qu'elle enfermait.

– C'est un gigolo, s'écria Trompette si fortement que ses compagnes en furent un instant ébranlées.

– C'est un pauvre homme dans le besoin, dit Grande Mamelle avec tant de compassion que des pleurs leur en vinrent aux yeux.

– C'est peut-être un fainéant, dit Beau-Cal, qui préfère draguer plutôt que chasser.

– Plutôt un espion ou un trafiquant, dit Lance-Flammes.

– Ou un tueur déguisé en chasseur, dit Boule de Canon.

– Mais justement, il n'a pas tué la reine, dit Voluptueuse si doucement que chacune s'en trouva étrangement remuée.

Ainsi s'efforçaient ces bonnes géantes comme elles le faisaient dans la montagne, lorsqu'un rocher leur résistait. Mais le cœur d'une reine est un mystère plus profond que le plus profond des minerais, et les géantes l'eussent depuis longtemps abandonné, s'il n'avait été aussi, de tous les minerais qu'on cherche, le plus beau et le plus précieux.

Cependant le chasseur marchait dans la forêt. La lune était noire, les branches tordues, il ne savait où il allait ni ce qu'il faisait.

Lorsqu'il eut marché longtemps, il arriva dans une sorte de clairière où flottaient de longues vapeurs blanches. Au centre de la clairière, il lui sembla voir six grosses pierres disposées en cercle. Il pensa qu'elles feraient un abri pour se reposer, car il était fatigué, et d'autant plus fatigué qu'il n'était pas accoutumé à l'être, même dans ses chasses les plus ardues.

Il s'étendit donc au milieu des six pierres et presque aussitôt il lui sembla que les vapeurs blanches pénétraient son esprit et l'entraînaient dans un rêve étrange. L'une des pierres se mit à lui parler et lui dit :

– Pourquoi viens-tu voir la reine?

– Parce que le roi veut la tuer.

– Et pourquoi ne l'as-tu pas tuée?

– Parce que je l'aime, dit le chasseur profondément endormi.

– La reine est plus âgée que toi, dit une autre pierre.

– Le roi aussi est plus âgé que la reine, dit le chasseur.

– Elle pourrait être ta mère.

– Je n'ai rien contre ma mère, dit encore le chasseur.

– La reine a grandement souffert.

– Je la consolerai, dit le chasseur.

– La reine est une géante entre les femmes.

– Elle me donnera plus d'ombre sous le soleil et plus de chaleur dans le froid.

– La reine aime l'amour.

– Je serai son cerf.

– Elle n'aura pas d'enfant.

– Elle sera ma biche et mon faon, dit doucement le chasseur toujours endormi.

– La reine ne sera plus la reine.

– Bon débarras ! dit le chasseur.

Les pierres se turent un instant, puis l'une d'elles reprit :

– La reine, lorsqu'elle te sourira, fera voir un trou dans les perles de ses dents.

Le chasseur ne répondit pas tout de suite.

– Je lui trouverai une dent de marcassin, dit-il enfin.

L'effort qu'il avait fait pour répondre à cette dernière question et le désir de se mettre aussitôt à cette tâche, firent qu'il s'éveilla tout soudain, comme s'il se trouvait déjà à l'affût derrière quelque bête délogée.

Les vapeurs avaient disparu de la clairière, ainsi que la lune, et les grosses pierres qu'il avait cru y voir. Sous un rayon de soleil, dans la mousse, brillait une petite dent d'argent entre deux fils d'or.

Le chasseur la rapporta au roi, qui s'estima satisfait et aussitôt déclara que le deuil était terminé et que l'on pouvait sans plus attendre dévoiler les miroirs.

Dans cet état d'enthousiasme, il lui vint l'envie de faire le tour de ses propriétés et d'en admirer une fois de plus les royales beautés. Il arriva ainsi à la grande galerie où se trouvaient les merveilles si chères à son cœur, ses sept miroirs. Le premier lui montra une couronne d'or, un manteau d'hermine et un sceptre d'argent. Le second ne démentit point le premier.

Voyant que ses miroirs connaissaient toujours leur devoir, le roi continua dans sa pleine majesté jusqu'au moment où il parvint au septième, le dernier et le plus en retrait de la lignée. Or celui-ci, plus sombre que les autres, ne lui montra d'abord rien. Surpris, le roi se pencha et bientôt il lui sembla voir une forêt profonde, et dans cette forêt une maison qui brillait, et à la fenêtre de cette maison la reine qui semblait le regarder.

Le monarque en fureur fit appeler son chasseur.

– Tu m'as trompé, dit-il, et il ordonna qu'on l'attache à un arbre dans la forêt et qu'on l'y abandonne, afin qu'il meure de faim ou que les bêtes sauvages le dévorent. Il ordonna en même temps que l'on prépare son armée, avec mission de lui ramener la reine, morte ou vive, solide ou liquide.

Tandis que dans le palais résonnaient les préparatifs de la bataille, le chasseur, lié à son arbre, se lamentait.

– Je ne verrai plus le jour, se disait-il.

Et cette pensée, loin de borner sa souffrance, en amenait aussitôt une autre, plus terrible encore.

– Je ne verrai plus la reine, se disait-il.

Et comme un horizon qui ne cesse de reculer, d'autres pensées suivaient celle-ci, toutes plus redoutables les unes que les autres.

– La reine reverra le roi.

– Le roi tuera la reine.

– Peut-être ne la tuera pas.

– Et alors la re-épousera.

La neige se mit à tomber. Sous le doux floconnement qui blanchissait la forêt, le chasseur se rappela la première reine qu'il avait aidée dans son malheur. A ce souvenir, une paix lui vint au cœur. Il cessa de pleurer, sa vue s'éclaircit, et soudain entre les herbes vertes à ses pieds, il aperçut une lame qui brillait. Il se trouvait sur la tombe de la première reine et c'était là le couteau qu'il y avait déposé en guise de souvenir. Le chasseur aussitôt défit ses liens et courut prévenir les géantes de l'attaque qui contre elles se préparait.

Lorsque les premiers soldats arrivèrent, ils trouvèrent près de la rivière une belle femme nue qui leur ouvrait les jambes. Sans réfléchir, ils s'élancèrent et lorsqu'ils furent tous bien englués, la géante les prit un par un comme des mouches et les jeta dans la rivière où la glace les immobilisa.

– Dix de moins, dit Voluptueuse, car c'était elle.

Les soldats de la deuxième troupe, s'avançant dans un sentier ténébreux, virent soudain briller devant eux deux yeux de braise qui leur mirent le feu aux trousses comme s'ils avaient vu le loup-garou de leur enfance ou le chat du diable.

– Dix de moins, dit Lance-Flammes.

D'autres progressaient dans une vallée pleine d'échos, lorsque soudain résonna un tel grondement que tous, croyant entendre la voix de leur maman, s'enfuirent comme de vulgaires galopins.

– Dix de moins, dit Trompette.

Une quatrième troupe, s'étant dispersée sur un guéret, trouva sur son passage Beau-Cal, qui les balaya comme de la poussière.

Dans un ravin étroit où ils s'étaient imprudemment engagés, les malheureux de la cinquième troupe heurtèrent une grosse boule qui semblait animée d'un ressort et envoya toute la compagnie en l'air comme un simple jeu de quilles.

Enfin les derniers, s'étant aventurés trop près de la maison, furent pris en main par une grande femme qui les mit tout simplement à sa mamelle. Ils s'y plurent tant qu'ils y demeurèrent, rendus plus inoffensifs que des nourrissons.

De toute cette vaste et forte armée, ceux qui étaient morts ne bougèrent plus, ceux qui ne l'étaient pas n'osèrent se montrer au roi et ne reparurent plus.

Le roi jugea sage de cacher cette défaite à ses courtisans et se contenta de revoiler son septième miroir. Les géantes, redoutant pourtant une nouvelle ruse, pressaient la reine et le chasseur d'aller s'établir ailleurs. Mais la reine, se souvenant de l'enfant Blanche-Neige, ne pouvait se résoudre à la laisser seule au palais, parmi des courtisans au regard intermittent et un roi qui se contemplait dans six miroirs.

Or un jour, le chasseur revint des abords du palais et parla ainsi à la reine :

– Madame, l'enfant Blanche-Neige est passée devant le premier miroir. Et le miroir a dit : « Blanche-Neige, si tu n'as la taille la plus fine en ce pays, tu mourras. »

– Elle aussi ! dit la reine en pâlissant.

– Madame, l'enfant ne boit plus, ne mange plus, ne dort plus. Elle ne résistera pas aux miroirs. Que ferons-nous ?

La reine alla voir les six géantes, ses marraines, et leur demanda aide pour l'enfant Blanche-Neige qu'elle chérissait comme sa fille. Il fut décidé d'aller de nuit au palais, de s'introduire par une porte connue du chasseur, et d'arracher l'enfant à une mort qui n'était que trop certaine.

Nulle difficulté ne se rencontra dans le palais, plus mort qu'une tombe, et tous étaient déjà dans la grande galerie lorsque soudain la reine se mit à trembler.

La galerie était longue, déserte. Une lueur livide tombait des croisées, de grands rideaux bougeaient dans l'air glacé, et le grincement de portes mal jointes courait sur le sol comme une plainte désolée. La reine, figée, n'avançait plus.

– Madame, dit le chasseur, qu'avez-vous ?

– Là, dit la reine, les yeux hagards, montrant le mur tout au fond.

Et là-bas, tout au bout de la galerie, dans les ténèbres épaisses, luisaient les sept miroirs, tout droits les uns contre les autres, comme une infranchissable muraille.

Le chasseur prit la reine dans ses bras et la serrant doucement contre son cœur ne se trouvait plus qu'à quelques mètres du mur redoutable, lorsque celle-ci, échappant soudain à son étreinte, se jeta vers le premier miroir et là, pleurant et sanglotant, se mit à le frapper de ses poings, tant et si fort qu'elle en perdit presque le sens. Mais le miroir ne se brisa point.

– Madame, supplia le chasseur, ces miroirs sont magiques, la force ne servira de rien.

Mais la reine, presque évanouie sur le sol, ne voulait pas bouger. Le chasseur tenait sa tête sur ses genoux et caressait ses bras meurtris. Les géantes, consternées, regardaient.

– Le jour va venir, dit Trompette, trouvant en cette circonstance assez de force pour parler bas.

– Il faut partir, dit Lance-Flammes, dont les yeux ardents étaient presque noyés de larmes.

Toutes voulaient arracher la reine à sa dangereuse obstination et Beau-Cal proposa même sa force, mais le chasseur s'y opposa.

– Le cœur de la reine ne saurait se tromper, dit-il.

Et soutenant toujours celle-ci dans ses bras, son regard allant des miroirs aux géantes, des géantes aux miroirs, il songeait fortement en lui-même, comme il était accoutumé à le faire depuis sa jeunesse solitaire. Soudain il se leva d'un bond.

– Voici devant nous le premier miroir qui ne pense qu'à la finesse de la taille, dit-il. Que la plus large d'entre vous se place devant lui, et voyons ce qui arrivera.

Grande Mamelle fit ainsi que le chasseur l'avait ordonné et soudain une longue fêlure avança sur le miroir, dans un grincement qui saisit d'horreur tous ceux qui l'entendaient, et lorsque la fêlure fut arrivée en bas, le miroir se brisa.

– Que Beau-Cal se place devant le miroir qui ne pense qu'à l'éclat du teint.

Et Beau-Cal brisa le deuxième miroir.

– Que Boule de Canon se place devant celui qui ne pense qu'aux cheveux.

Et Boule de Canon brisa le troisième miroir.

– Que Lance-Flammes se place devant celui qui ne veut voir devant lui que le regard vide des bulles d'eau.

Et Lance-Flammes brisa le quatrième miroir.

– Que Trompette se place devant celui qui veut que les femmes aient la cervelle de l'oiseau pour en avoir la voix.

Ainsi fit Trompette et le cinquième miroir se brisa.

– Que Voluptueuse à son tour s'avance.

La belle géante fit rouler ses hanches superbes et le sixième vola en éclats tranchants comme les plis amers aux draps des amants sans amour.

Mais rien ne put briser le septième miroir. La reine cependant était allée chercher l'enfant Blanche-Neige dans la tour où elle pleurait solitairement, et ils sortirent enfin du palais, la reine, les six géantes, et le chasseur portant l'enfant malade.

On confia Blanche-Neige aux bonnes marraines qui avaient déjà guéri la reine, et lorsqu'elle fut remise, la reine et le chasseur la prirent avec eux et ils s'en allèrent très loin, jusqu'au rivage d'un grand port où ils vécurent tous trois très heureux et n'eurent pas d'autre enfant.

Le septième miroir demeura en sa place, et lorsque le roi passe devant lui et se penche, il peut voir son ancien chasseur, conservateur au zoo maritime, et la reine, son ancienne femme, qui enseigne la philosophie dans une faculté de la ville, et Blanche-Neige, son ancienne fille, qui prépare – peu studieusement – son baccalauréat.

Quant aux géantes, certaines sont restées dans la montagne, où Blanche-Neige les rejoint pour bronzer aux vacances, d'autres ont suivi la jeune famille, et Voluptueuse siège maintenant au Parlement.

Le roi a fait placer son trône devant son septième et dernier miroir et, chaque soir, il dodeline de la tête devant ces images qu'il ne comprend pas, comme devant une télévision à large écran, encadrée d'argent et sertie de pierreries.

La reine au bois dormant

Une rumeur souffle dans les cours et les basses-cours. Elle passe sur le cercle des remparts, sur les croisées fermées, les portes chuchotantes, passe sur une cuve oubliée dans un coin, secoue les buissons et les pierres branlantes où se cachent les crapauds et les reptiles. Les servantes dans les couloirs sursautent et dressent l'oreille, les valets aussi. Poussés par la peur, les murmures courent. La reine est une ogresse, dit-on dans le palais. Le roi est bon homme, dit-on aussi.

J'entends la rumeur qui enveloppe le palais de son tourment, et mes pensées qui tournent depuis des jours autour de ces remparts sont aspirées, précipitées dans l'enceinte des murs, roulées dans une fureur, jusqu'à ce que cet énervement tombe, que les choses redeviennent claires, qu'on entende distinctement de nouveau.

Le roi est bon homme. Il fait ses devoirs, ceux que lui a transmis la lignée des rois, ses ancêtres. Le matin, il va voir son vieux père, dans un jardin à l'écart. Il le trouve qui marche en chancelant entre ses rangées de tomates qu'il vient chaque jour regarder. Elles sont d'une espèce énorme et jaune, qui pousse sur de larges feuilles semblables à des nénuphars. Mais elles ne se mangent pas, et leur odeur est forte. L'une de ces tomates a presque la circonférence de la plus grosse couronne du vieux roi.

– Belle tomate, dit le roi, qui n'ose se boucher le nez.

– Oui, hoche de la tête le vieux roi. C'est que je viens les regarder chaque jour. Je suis las et vieux, et pourtant je fais mon devoir.

Le roi a de l'aversion pour cette chose enflée accroupie sur ses feuilles, mais il ne le sait pas. Il se penche avec respect, et écoute le vieux roi, et regarde encore la grosse tomate jaune, qui semble positivement lui faire un pied de nez avec sa petite queue grise et annelée qui se tortille au milieu. Le roi redouble de compliments, d'autant plus que voici la vieille reine qui arrive en se pressant, toute raide et revêche, entre les rangées de plants.

– Ton père s'épuise, dit-elle. Il fait son devoir. J'espère que tu fais le tien.

– Certes, mère, dit le roi. J'ai assisté à toutes les réunions des ministres ainsi qu'à celles des cuisiniers.

– Et la tomate que ton père t'a donnée?

– Elle n'a pas maigri, dit le roi.

– Mais grossit-elle? dit la vieille reine.

– Peut-être n'a-t-elle pas grossi, si j'y pense.

– Ta tomate doit grossir, doit devenir aussi grosse que ta couronne. Regarde celle de ton père, et pourtant il est deux fois et demi plus proche de sa tombe que toi.

Le roi pense avec angoisse à sa tomate qu'il a confiée à sa femme et qu'elle a laissée pourrir sur la gargouille d'une fenêtre. Il n'ose lever les yeux sur ses antiques parents, son regard inquiet tombe sur une cuve noire, arrivée là au bout d'une rangée, puis glisse sur le sol où il semble s'attacher.

Le roi a du souci.

– Et ta femme? dit la vieille reine.

– Elle raconte des histoires.

– Des histoires?

– Aux enfants.

– Aux enfants? dit la vieille reine.

– Aux enfants esseulés.

– N'a-t-elle pas des servantes pour ces niaiseries?

– Elle dit que les servantes racontent des histoires fausses.

– Des histoires fausses?

– Aux enfants.

– Et son devoir?

– Elle dit que c'est là son devoir.

– Les histoires et les enfants?

– Les histoires vraies et les enfants esseulés, dit le roi avec embarras.

La vieille reine se plisse comme les tomates sous un coup de canne pointue. Dans le palais, des choses se racontent, que les servantes lui rapportent le soir. Par exemple, que la nuit la reine se lève et marche dans le parc, que des mots sortent d'elle qui mis bout à bout ne donnent pas de lumière, qu'elle pleure et rit, et que personne ne sait d'où viennent ces larmes et ces rires, et encore que lorsqu'elle regarde, il y a derrière ses yeux comme les yeux, énormes et mouillés, d'une bête telle que personne n'en a jamais vue.

– D'une bête méchante? demandent avidement ceux qui écoutent.

– D'une bête à moitié cachée dans la terre et qui pense des choses de la terre.

– Que voit-on lorsqu'on regarde cette bête?

– On voit des reflets qui bougent comme au fond d'un puits.

– Et qu'arrive-t-il lorsque la bête vous regarde?

– Le paysage autour s'efface, il en vient un autre qu'on ne reconnaît pas, on a le vertige.

– Et cette bête qui regarde derrière les yeux de la reine, qu'est-ce qu'elle fait?

– Son regard entre en celui qui est là, lui dévore sa substance, et après il ne sait plus qui il est, et les choses autour ne sont plus comme elles étaient.

Nul doute, la reine est une Ogresse.

La vieille reine est recrue d'épreuves. Elle revient, courbée sous le poids de cette dernière atteinte, par le chemin au pied des remparts, et ses yeux n'ont pas assez de foi pour s'élever le long des hautes murailles vers le grand ciel qui est quand même toujours là, même au-dessus des palais. Son regard traîne au sol, elle aperçoit sur le côté une cuve noire qu'on a tirée jusque-là, et y appuie sa faiblesse et son courroux. Pour un peu, elle calerait là ses membres cagneux et ne bougerait plus de dessous les pieds de cette cuve, laissant le maléfice qui lui chauffe la tête passer dans le métal noir et le chauffer à son tour, comme une marmite.

Pendant que la vieille reine maugrée, le roi est parti faire sa guerre à un peuple très petit, au bout de ses terres. Les nouvelles des victoires et des morts arrivent tous les jours et le soir, parmi la foule qui se réjouit de tant de gloire, on voit la reine, pâle et hagarde, pleurer dans l'ombre des arbres. La reine est une Ogresse, qui voudrait manger les cadavres, la nuit, sur le champ de bataille.

Le roi est revenu de la guerre. Il a ramené des prisonniers qu'on expose dans la grande salle des tapisseries. Lorsque la foule est partie et que les prisonniers s'affaissent, la reine vient vers eux, elle écoute leur langue étrange et leurs contes qui n'intéressent personne, et le lendemain dans la salle du trône, elle se traîne à genoux, « Entendez-les, cria-t-elle, entendez-les! » La reine est une Ogresse, elle veut donner son peuple en pâture à ces monstres, et se réjouir avec eux de ce festin contre nature.

Les femmes des prisonniers ont accouché. La reine est venue dans les écuries où le sang et les placentas coulent dans la paille avec les excréments des chevaux, elle a ramassé les nouveau-nés pleins de fange, elle les a emmenés avec elle. La reine est une Ogresse qui se nourrit de la chair avariée des entrailles ennemies.

Le jeune roi, lui, est à la chasse. Il a trouvé une servante couchée sur une motte de taupe, devant un tunnel.

– Vous bouchez mon tunnel, dit le jeune roi.

– Pardon, dit la servante, je rêvais.

L'après-midi, trompé par un reflet, le jeune roi s'est lancé derrière un lapin. Couchée sur le terrier, la servante était là.

– Vous bloquez mon entrée, dit le jeune roi.

– Ah, dit la servante, c'est que je somnolais.

Le soir, le jeune roi courait enfin sus à sa proie lorsqu'il a trébuché sur un corps étendu au milieu du chemin.

– Encore vous! dit le jeune roi.

– Je m'étais endormie, dit la servante avec hauteur, et c'est la nuit et vous m'avez réveillée.

Le jeune roi a dû ramener la servante avec lui au palais, pour qu'elle cesse ses plaintes et qu'il puisse, sans obstacle, recommencer ses chasses.

Ce qu'il cherche dans les bois, c'est la queue rousse des renards, qui apparaît entre les troncs bruns des arbres et n'est plus là quand on l'approche. Il y passera la nuit pour rattraper son retard.

Assise au haut de la table, le lendemain, la reine regarde la nouvelle épousée. Elle voit les aiguilles dans ses prunelles, et comme celles-ci s'enveloppent de somnolence, de brume somnolente, dès qu'un regard les effleure. Et elle se tait, pour que la jeune reine oublie sa peur, pour que ses yeux tapis cessent de guetter derrière leur voile d'endormie. « La reine ne parle pas, elle est sournoise », dit la jeune reine plus tard à son époux.

La reine dans les couloirs parle à la jeune épousée. Elle lui parle avec douceur. Elle lui montre la salle des télescopes et des mappemondes, la salle des crânes et des squelettes, celle des cornues. Elle lui explique ce qu'on y fait, pour que la jeune reine puisse y pénétrer à son tour comme elle y a droit. « La reine parle beaucoup, dit l'ancienne servante plus tard à son époux, ses phrases me font peur. »

Par une nuit violette et profonde, d'une allée où elle songeait, la reine a vu la lune posée sur la grille lancéolée du parc. En courant, elle est venue chercher la jeune reine.

– Regarde, lui dit-elle avec joie, la lune comme une fleur va glisser sur les tiges de la grille, et tout à l'heure, à la dernière, elle sera rouge et rose, et alors les feuillages la prendront dans leur bras comme dans un lit. Cela n'arrive qu'une fois, et c'est pour toi.

La jeune reine a regardé la lune rouler sur les pointes luisantes de la grille, elle l'a vue se teindre de sang et s'engloutir dans la poix noire des feuillages. Elle s'est retournée, elle a vu les yeux de la reine, et derrière ceux-ci, d'autres grands yeux, sombres et mouillés, qu'elle n'avait jamais remarqués. Et elle n'a aimé ni la lune, ni ces yeux, ni aucune de ces choses qu'elle ne reconnaissait pas, et elle en a fait une petite boule dure et meurtrière que rien ne pourra plus défaire.

Elle s'est enfuie, elle a couru vers le palais, et en courant a heurté une grosse cuve amenée là au milieu du parc et si noire qu'on ne la voyait pas la nuit quand la lune avait disparu. La vieille reine tapie dessous a craché des insultes, et la jeune reine, frappée de terreur, a perdu son soulier sur le gravier. En clopinant, pleine de rage, elle arrive au palais.

– La reine est une Ogresse, dit-elle, elle se délecte du sang de la lune, son regard déchire comme les flèches de la grille, et sa voix court dans les allées comme un loup.

Le jeune roi sent la peur qui plane sur le palais, qui tourbillonne au-dessus des cours, des galeries, des salles. Il voudrait bien l'attraper, cette peur, et l'accrocher quelque part, en bas, parmi les choses qu'on connaît, à ce qu'on lui désigne, à l'Ogresse, puisque tout le monde en parle. Le jeune roi et la jeune reine se haïssent.

La reine entend ces querelles. Elle vient chercher les enfants, Aurore et Petit Jour, si beaux et délaissés, et les emmène loin de ces couloirs où crépitent des rages et des dépits qui peuvent frapper n'importe qui et même des innocents.

– Madame, on vous attend dans la salle du trône, vient dire le valet courroucé.

– Je suis avec Aurore et Jour, dit la reine. Je ne peux venir.

Le valet, s'il le pouvait, relèverait la jupe de la reine, là tout de suite, et la fouetterait de ses grandes mains violacées et la violerait de son grand pénis rouge, puisque le roi ne le fait pas, puisque personne au palais ne le fait. Il la jetterait sur le sol, cette reine, si on le lui permettait, et assierait son derrière jaune sur son visage.

La reine voit tout cela dans le regard du valet, et l'eau des grands yeux derrière ses yeux se trouble et reflue, ses mains tremblent. Mais elle a avec elle Aurore et Petit Jour, elle les prend un dans chaque bras, ils se blottissent contre son cou, et elle sent leur bave tiède et leurs petits suçotements. Sa force lui revient. Le secret ancien des reines bafouées, des reines en péril, vole à son secours.

– Va-t'en, dit-elle au valet, changeant brusquement les larmes de sa voix en cristaux tranchants.

Le valet voit ces cristaux qui entourent la reine comme un bouclier à pointes bien aiguës. Il comprend que pour l'instant elle est la plus forte, qu'il ne peut s'approcher d'elle, et il recule, lentement, s'inclinant sous le regard qui le contraint, jusqu'au bout de la galerie, où enfin il disparaît.

Comme de simples iridescences soufflées par un nuage, les cristaux s'évanouissent. Dans la lumière redevenue grise, la reine sent qu'elle tremble. Pourra-t-elle, à chaque alarme, faire jaillir le bouclier, depuis le lever du jour jusqu'à la nuit, et toute la nuit, et jusque dans ses rêves que peuvent guetter les médecins du palais ou les servantes insomniaques? « Le pourrai-je, le pourrai-je? » dit-elle. Nul ne répond à son appel anxieux, et la lumière grise que rien n'émeut trace des cernes autour des fenêtres, sur les joues des enfants, sous ses propres pensées.

La reine court dans le couloir avec les deux enfants. Est-ce encore le jeu, est-ce la fuite, ils ne le savent pas, leur souffle est oppressé, ils ne peuvent pas parler. Du bout de la galerie, un cortège arrive, très long, avec des soldats qui l'escortent. La reine se tient immobile devant une tapisserie, elle voit les visages qui approchent, qui deviennent de plus en plus gros, elle ne peut plus ni avancer ni reculer. La tenture qui est derrière elle lui vient alors en aide, s'accole aux fibres agitées de sa chair, les lisse, et mêle la reine et les enfants aux figures impassibles de ses fibres de soie. Et la reine voit les visages qui défilent, qui se tournent vers elle, puis se détournent, inexpressifs, comme ceux qui n'ont vu qu'un mur. Au milieu du cortège, tirée par quatre soldats en armes, roule une grande cuve noire, silencieuse sur ses roues enveloppées de feutre.

La reine et les enfants courent, montent des escaliers, passent des étages, prennent d'autres couloirs, d'autres escaliers, ils arrivent au sommet des remparts, jamais ils ne sont allés si haut.

Un grand vent souffle sur l'étroite plate-forme, c'est à peine s'ils peuvent se tenir ensemble. Ce vent-là n'est pas celui qui file furtivement d'une disjointure à une autre, ce n'est pas celui qui dresse les oriflammes à l'équerre et glisse des lames froides sous l'étoffe des robes, ce n'est pas le vent qui porte les odeurs mortes des cuisines à l'air du soir, ni le vent noir des cours lorsqu'on tire les grilles à la nuit, encore moins celui qui remue les feuilles abandonnées dans les coins déserts des allées.

C'est un vent que la reine n'a jamais rencontré, un vent qui court d'une horizon à l'autre, qui soulève, claque et emporte, et puis qui parle aussi, la reine l'entend très distinctement.

– Tu vas mourir, dit le vent.

– Non, non, dit la reine.

– Penche-toi, dit le vent.

– Non, dit la reine qui recule.
– Penche-toi, dit le vent la jetant contre le parapet.
– Je suis penchée, dit la reine.
– Que vois-tu? dit le vent, pressant et poussant.
– Rien, dit la reine qui se tient à grand-peine.
– Que vois-tu?
– Un cortège.
– Que fait-il?
– Il tourne.
– Autour de quoi?
– Je ne vois pas.
– Autour de quoi? dit le vent qui la plie sur le rebord.
– Autour d'une cuve, dit la reine.
– Qu'y a-t-il dans la cuve?
– Je ne vois pas.
– Qu'y a-t-il dans la cuve? crie le vent.
– Il y a des crapauds, crie la reine.
– Quoi encore?
– Des couleuvres, des vipères et des serpents, crie la reine.
– Qui jettera-t-on dans la cuve? hurle le vent.
– Moi, moi, pleure la reine.
– Fuis, dit le vent qui tourne en fureur sur la plate-forme.
– Et le vieux roi, la vieille reine?
– Ils sont dans le cortège.
– Et le jeune roi, la jeune reine?
– Dans le cortège aussi.
– Les bêtes vont sortir, les dévorer.
– Tu n'y peux rien.
– Je peux m'y jeter.

– Ils trouveront d'autres bêtes, d'autres ogresses.
– La cuve s'incline, les bêtes bougent !
– Fuis, reine, fuis.
– Aurore, Petit Jour, hurle la reine.
– Reine, hurlent les enfants.
– Fuis, fuis, hurle le vent.

Vent, souffle. Arrache la reine à ce rempart, détache ses mains qui s'accrochent à l'arête, ses seins, son ventre qui se plaquent contre la pierre rêche, renvoie ces enfants qui bleuissent de froid. Souffle dans sa tête aussi, et saisis ses pieds d'un coup, et emporte-la loin des murs, sur la route aux nombreuses fourches et longs déroulements. Que sa tête légère l'entraîne, qu'elle aille avec son corps autour d'elle, et touche tout ce qui bouge jusqu'au bout de la route, jusqu'à l'horizon, que même du plus haut rempart elle ne voit pas, et surtout, surtout ne lâche pas la reine en qui j'ai mis tant d'espoir.

Mais qui suis-je pour crier si fort avec le vent ? Ne sais-je pas que les choses ne se passent pas ainsi ? La rafale est tombée, les jours sont ternes, le roi marmonne dans les couloirs, « il faudrait fouetter quelqu'un », dit-il. Depuis que les morts ne sont plus étendards claquant, mais pourriture sur les prés, le peuple n'est pas content. Le vieux roi et la vieille reine s'assotent devant leurs tomates qui ne cessent d'enfler, le jeune roi court derrière d'insaisissables touffes de poils dans les forêts humides, la jeune reine fait la somnolente le soir dans la salle ventée, guettant de l'œil le valet aux mains rouges qui la guette dans la cour noire où il passe et repasse, et sans arrêt le murmure des servantes tourne comme un nuage de guêpes les soirs d'orage, comme un bruissement d'ondes brouillées, comme une rumeur qui emplit la tête et trouble le contenu des jours et les emmêle en une bourre qui étouffe. Les grands yeux, sombres et mouillés, qui regardent derrière les yeux de la reine, se voilent chaque jour un peu plus, ternissent. La reine partira-t-elle, ne partira-t-elle pas?

Elle partira vers un autre palais, à peine différent du premier, et un autre roi, et d'autres reines et servantes et valets, bientôt tous semblables à ceux qu'elle aura quittés. Ô reine, te trouverai-je dans une autre de ces pelotes de remparts, sera-ce là ta grande aventure, tout le chemin que tu m'auras ouvert, tout ce que tu m'auras montré? Où vais-je te retrouver, reine dont j'ai tant besoin?

La reine est partie, elle a revêtu l'habit de pèlerin, l'habit invisible de jean bleu et de cuir brun. Elle va sur la route, semblable à tous ceux qui marchent, prenant bien soin de garder ses yeux sur le sol et, lorsqu'on lui parle, de hocher la tête dans le même sens que ceux qui parlent. C'est à cela qu'on la reconnaît, à cet air scrupuleux, à ces membres contractés. On hoche la tête du bas vers le haut, et la reine, après un temps d'hésitation, lève les yeux aussi, et je sais qu'elle n'a vu que le ciel sans couleur, et lorsqu'on hoche la tête du haut vers le bas, prompte à changer, elle plie le cou et ne voit que la route usée de pas, et lorsqu'on tourne la tête d'un côté à l'autre, elle s'applique fort, et je sais à son air égaré qu'elle n'a vu à droite que la foule qui se presse, et à gauche la même foule qui roule des visages comme une eau des noyés, et toujours comme ceux qui parlent, elle bouge la tête de-ci de-là, vite ou lentement selon ce rythme qu'il faut suivre, sans à-coups ou par saccades, dans un ressassement qui ne s'arrête pas, comme la marche, comme la foule.

La reine est brisée, ses membres sont courbattus, des taches passent devant ses yeux, elle louche parfois, et des tics lui viennent à cause de ces hochements.

Les autres, les autres! Il sont partout, pas de palais pour les contenir, ils arrivent sans égards, accaparent durement la tête comme des couronnes, mais ce ne sont pas des couronnes, encoignent comme des trônes, mais ce ne sont pas des trônes, impossible d'être vastes et royaux en eux, ils affluent et refluent comme des courtisans, mais on ne sait s'ils vont s'étrécir ou au contraire se dilater dans le chemin. Il y a parmi eux les yeux insolents des valets et les langues répétitives des servantes, mais les traits autour ne sont jamais les mêmes, et la magie des reines ne peut rien sur les regards et les paroles sans visage. Tant d'autres, et pas de palais pour les envelopper! On dirait que de l'enceinte des remparts, des couloirs bien aboutés les uns aux autres, des cours, des tours, et des portraits aussi, s'est échappée toute la chair, et que cette substance s'est aussitôt défaite, en grains volant partout, éraillant tout ce qu'ils rencontrent.

La reine s'est arrêtée. Elle pense à Aurore et Petit Jour, bien sûr, à leur bave tiède et leurs petits suçotements. Elle pense aux façades du palais, aux pelouses devant les façades, aux grandes robes épandues sur les pelouses. Elle pleure, et il faut s'arrêter avec elle et entrer dans ce tourment, ce tourment si lassant que je voudrais tant qu'elle jette aux fossés, aux puits, aux sous-bois. Elle pense au tintement des cuisines à l'aube, au grincement fort des grilles tirées contre la nuit, à tous les visages du palais flottant dans les salles et les galeries, chacun avec sa vie en halo autour, et tous ces halos pris les uns dans les autres comme le grand anneau d'une planète autour d'elle.

Voilà ce qu'elle regrette, celle en qui j'ai mis tant d'espoir, elle regrette un palais en anneau autour d'elle. Inutile de l'interroger, il suffit de la voir, de voir ses traits arrachés à leurs assises et qui dérivent comme sur un marais aux limites perdues, de voir ses grands yeux derrière ses yeux, pleins de tourbe et de clapotements fiévreux. Reine peureuse, reine pleureuse, je te connais, toi et tes pareilles, et tu vas me lâcher.

La reine n'est pas retournée dans son palais ancien, elle n'est pas entrée dans un autre palais, elle avance, poussée par la foule et bien d'autres choses, trop rapides et fuyantes pour qu'on les saisisse. Ses yeux sans arrêt tournent, et les autres, les grands yeux derrière, sombres et mouillés, qui m'ont tirée si fort dans son histoire, ont disparu, et je sais ce qui t'arrive, reine trop semblable à tes semblables. Ton corps a quitté les grandes robes glissantes, les robes chantantes, qui t'emportaient dans l'écume des volants et des rubans, dans les dentelles mousseuses, les traînes volantes, dans la grande effervescence des soies. C'était un corps de reine que tu avais alors, rien qu'une force pure au centre et, autour, ce bouillonnement bruissant qui emplissait les couloirs, les salles, caressait les murs, coulait dans les escaliers, recouvrait les pelouses, et tu étais tout cela, couloirs, salles, murs, pelouses, escaliers à double volée, tu étais le palais tout entier, où déferlaient les vagues de tes robes, chantant et t'emportant.

Maintenant tes membres sont dans le jean et le cuir, serrés et silencieux, rien ne bouge ni ne bruisse autour d'eux, ce sont des pierres compactes, des boulets attachés au corps léger de reine, tu n'as plus qu'eux et ils ne te donnent rien, qu'une surface butée, comme un front de forçat.

Tu n'avais pas prévu cela, reine, lorsque tu te penchais en haut des remparts, regardant l'horizon, et que le vent claquait en criant ses folies. Tes robes te faisaient aussi grande que ton palais, et maintenant ton palais a rétréci autour de toi, et tu es seule avec ces membres qui ne partent pas en ondulations, qui ne t'étendent à rien et qui font de toi une bête presque à nu, comme celles que tu voyais dans les cuisines, dépouillées de leur fourrure royale. Tes yeux courent sur le sol où circulent d'autres jambes, dans l'air où bougent d'autres bras, et j'ai peur de te perdre ici, dans ces rues, parmi ces passantes qui inlassablement recherchent leur corps perdu de reine, et sera-ce là ce que tu m'auras montré, ta seule aventure?

La reine est repartie, elle ne pense plus au palais, ni aux robes chantantes, ni à la foule obsédante, elle ne hoche plus la tête avec scrupule, avec application, lorsqu'on lui parle. Ses épaules ne sont plus crispées, son cou n'est plus plié, elle marche vite, j'ai du mal à la suivre, ses grands yeux secrets se sont presque fondus aux yeux de sa face, parfois elle me fait peur, où va la reine que j'ai tirée hors de son palais?

La reine s'est arrêtée. Elle ne pleure pas, elle ne pense pas, elle tricote. Le fil qu'elle tient dans ses mains côtoie les pensées, et se coule contre elles sans en accrocher jamais la fibre et poursuit son dévidement. La reine tricote une peine lisse et incorruptible, qui se déplace à chaque secousse, et ainsi elle pousse sa peine. Surtout que le mouvement ne s'arrête pas, qu'il ne laisse pas cette peine balançant dans le vide entre les pointes hésitantes, car alors elle s'emparera des aiguilles, les figera, s'étendra et ira à toute chose porter sa contagion, dont personne ne connaît le pouvoir.

La reine a traversé des lieux, elle s'est arrêtée chaque fois qu'ils la prenaient, elle a vécu des vies entières, parfois brèves et perçantes comme un éclair, parfois longues et onduleuses où tous les souvenirs, bons ou mauvais, se fondent en un seul, celui d'une marche sur les pavés hexagonaux d'un trottoir, un jour hagard d'hiver ou d'été, où le paysage est posé sur la courbure des nerfs repliés, mince et prêt à glisser comme un drap, mettant à nu la trame inexorable dessous, et que vient l'étonnement, l'émerveillement, l'immense reconnaissace qu'il ne glisse pas encore, pas encore.

La reine s'est éveillée en sursaut cette nuit. Le palais et ses antiques remparts, toujours le même palais du commencement, était autour d'elle, comme si de grosses pierres, devenues poussières depuis longtemps, s'étaient reformées sans bruit, et elle était dedans. La reine s'est assise dans un saisissement violent. « Qu'est-ce que c'est, cette chose? » a-t-elle crié, « qu'est-ce que c'est? » Mais il n'y avait dans la nuit que des milliers de têtes d'épingle pulsant des chocs électriques.

Parfois, ce sont ses autres vies qui sont venues autour d'elle, n'importe où et quand, et parfois d'autres vies qu'elle n'a qu'effleurées, à peine devinées, qu'elle ne comprend même pas. « Qu'est-ce que c'est, cette chose? » crie la reine, et le même saisissement la tient stupéfiée au milieu de la rue, là où aucun passant ne répondra, la jette contre un arbre un soir de ciel haut et dur dans un square obscurci, elle serre l'arbre, ses vies connues et inconnues choquent contre son cœur, « qu'est-ce que c'est, ces choses? » crie-t-elle, mais l'écorce bien sûr ne lui donne qu'une réponse rêche et ligneuse, et bientôt approchent les pas lourds du garde qui veut mettre les chaînes aux allées.

Au bout de cent ans, la reine, qui avait presque fait le tour du monde, s'est trouvée dans une région écartée, au nord d'une ville énorme. Elle s'est retirée pour songer dans un cottage isolé, sur la rive du lac. La brume le matin vient jusque derrière les fenêtres, à midi elle descend, laissant voir le ponton, les troncs des arbres, un canard solitaire qui nage silencieusement à quelques mètres du bord, agitant les têtes flottantes des herbes d'eau, puis petit à petit la brume remonte, recouvre le ponton, enveloppe les arbres d'écharpes grises et laiteuses.

La reine descend jusqu'à l'eau, il y a un canot là, elle s'y assoit et les rames viennent d'elles-mêmes dans ses mains. Le canot glisse sur l'eau immobile, seul s'entend le bruit léger, aussitôt absorbé par la brume, des rames entrant dans l'eau. « S'il y a un autre monde, se dit la reine, c'est ainsi qu'y sont les bruits. » Le halo pâle des fenêtres la suit de loin, semblable à deux yeux énormes flottant sur une masse indistincte. Les rames se soulèvent et s'abaissent, éveillant en tombant un tintement étouffé, comme si de menues clochettes se mettaient à battre sous la surface de l'eau et s'appelaient les unes à la suite des autres. Ce clapot presque imperceptible semble la précéder, comme une ligne en pointillé qui la hale. Nul bruit ne lui a jamais parlé d'aussi près. La reine bientôt est sans force, mais elle est liée à ce bruit, si léger et pressant dans l'opacité éteinte, dans l'opacité sans fond de la brume, et elle ne lâche pas les rames.

Le canot donne enfin contre un obstacle. Exténuée, la reine s'endort.

Lorsqu'elle se réveille, la quille grince sur une plage de galets. Entre les racines d'un gros arbre à demi englouti, un pêcheur observe sa ligne, et au-delà de sa ligne, la reine.

– Où suis-je? dit la reine.

– Dans l'île, dit le pêcheur.

– Quelle île?

– L'île au bois dormant.

– Au bois dormant? dit la reine surprise.

Le pêcheur hausse les épaules.

La reine voit alors en haut des galets, sur un talus escarpé, une haie très haute, d'épines, d'arbres et de ronces entrelacés, qui se poursuit à droite et à gauche aussi loin que peut aller le regard.

– On ne peut passer? dit-elle.

– Guère, dit le pêcheur.

– Il y a une tour derrière?

– Sans doute, dit-il.

– Et vous êtes là.

– Parfois, dit-il.

– Il y a des gens donc.

– Possible, dit-il.

– Donc on peut passer, conclut la reine.

– Guère, guère, dit le pêcheur.

La reine sent une violence en elle. Elle saute à terre. Le pêcheur suit étroitement tous ses mouvements.

– Ne touche pas au canot, dit-elle.

– Pourquoi? dit le pêcheur.

– Ce n'est pas ton affaire.

– Le canot sera à moi, dit le pêcheur, si tu ne reviens pas.

La reine gravit la plage dure et au bout de celle-ci le talus escarpé.

– Tu ne seras pas la première, crie le pêcheur d'entre les racines de son arbre.

La reine ne répond pas.

– Je t'aurai prévenue, crie-t-il encore.

La reine ne répond pas.

– J'aurai le canot, crie-t-il.

La reine, arrivée en haut du talus, met ses mains en porte-voix et crie :

– Pourquoi te voilà-tu si bavard soudain?

Pas de réponse.

– Pourquoi, pourquoi te voilà-tu si bavard, pêcheur empêcheur? crie la reine avec désespoir.

Mais la brume pénètre sa gorge, noie ses paroles. La brume est montée jusqu'aux racines de l'arbre, jusqu'à la plage, jusqu'au talus, comme si elle l'avait tirée avec elle en grimpant. Seul s'entend en contrebas, très clair, comme le bruit de plusieurs canots enchaînés ensemble et s'entrechoquant. La reine écoute un moment puis se retourne. Devant elle, la haie.

Et moi, je viens de comprendre que c'est là que je l'attendais, devant cette haie bien haute et lacée de brume. Va reine, va dans les branches excitées et les griffes rouges des ronces et les pierres qui bondissent, que tes cuisses et ton front et tes épaules soient plus obstinés que toutes ces choses, jette tout ce que tu possèdes sur la grande contrariété du bois, montre-moi ce qu'il y a là, ne recule pas, ne me lâche pas.

La haie s'est ouverte, puis refermée. La reine veut avancer, mais elle ne peut pas car les épines se tiennent aussi solidement que si elles avaient des mains. A-t-elle jamais connu prison semblable? Elle voit au-dessus d'elle une tache si pâle dans la brume qu'elle semble avoir disparu depuis longtemps et n'être qu'un tremblement des yeux, la trace d'un rêve, un ectoplasme de l'espoir. Des bruits sourdent, sans support, infimes, au milieu de larges auréoles de silence. Ils font comme des cloques dans la pellicule de ce qui existe. « Est-ce ici la séparaion? se dit la reine. Suis-je encore avec moi-même? »

Elle rappelle des souvenirs, mais ils se déchirent et la brume les absorbe. La reine lutte, tire sur les lambeaux. Elle se souvient d'un palais lointain, des grandes mains rouges d'un valet, d'une cour profonde entre des remparts, et soudain au fond de la cour, elle voit une cuve. La cuve emplit sa mémoire, les flancs sont noirs, lisses, la courbe semblable à celle d'une tour murée, et l'ouverture à un recul horrifié de la terre, et dedans tourne un mouvement lent et luisant.

La reine se souvient, se souvient. Autour de la cuve les fragments perdus de ses vies font ralliement, le secret ancien des reines en péril lui revient, elle conjure le bouclier de cristaux tranchants, tous ses souvenirs se mettent en pointes autour d'elle, et sa force resserrée, à l'intérieur ouvre sans effort un chemin à travers les épines, les ronces, les branches.

La reine a traversé la haie. Une grande pelouse nacrée s'étend, doucement inclinée sous la lune. La brume s'est retirée en bordure, laissant à découvert des allées soigneusement tracées et au bout des allées, çà et là, des tourelles couvertes de manteaux de lierre, dont tantôt l'un tantôt l'autre bouge un peu. Au centre de la pelouse, il y a le bâtiment qu'elle avait aperçu de la plage, haut et rond, plus grand que les autres. Pas de lierre sur celui-ci, mais des vitres que la lueur de la lune rend semblables à des grands miroirs argentés. La reine sent que ces miroirs prennent ses yeux et qu'elle avance vers eux à travers la pelouse élastique, où les pas font un bruit menu et circonscrit, comme les rames à la surface du lac, la brume aussitôt quitte la bordure de la pelouse, la suit et s'arrête avec elle au pied de la tour. Rien sur les vitres que son ombre, pas d'autre bruit que celui de ses poings qui frappent, précautionneusement, tout autour.

Une vitre a glissé et la reine est entrée. Quelqu'un dans un portillon regarde entre les barreaux. La reine avance, mais les bras en tournant rejettent celui qui était là et qui s'enfuit par l'espace ouvert, comme aspiré par l'air du dehors.

« Ce petit portillon n'est pas fait pour la conversation », se dit la reine.

A une table un peu plus loin, quelqu'un dort, la tête dans les bras. Elle tousse doucement, et le dormeur, sans lever la tête, montre l'horloge au-dessus de lui et se rassoupit aussitôt.

« Ah, se dit la reine, ce n'est pas l'heure pour les renseignements. »

Elle avance et voici un mur couvert sur toute sa largeur de petits tiroirs. Quelqu'un est penché sur l'un des tiroirs, qu'il a tiré et contemple avec fixité.

– S'il vous plaît, dit la reine.

Mais celui qui est là lève les yeux, et son visage est enveloppé d'un tel étonnement qu'on n'y distingue aucun trait, et que toute question s'y noie avant d'être posée.

« Ah, se dit la reine, ce petit tiroir entre lui et moi est plus grand qu'un grand fossé. »

Et maintenant, que va faire la reine? Va-t-elle s'arrêter là, revenir en arrière, secouer celui qui dort, rattraper celui qui s'est enfui, se faire reconduire au lac, en se plaignant de ces lieux mal signalés, de ces gens insaisissables, et quitter au plus vite cette pelouse vague où la vie flotte comme une vapeur qui ne peut se poser?

Je ne le crois pas, car la reine s'amuse. Elle perçoit ces existences si légères qu'elles ne font qu'un étonnement perché sur un mince tiroir, qu'un sommeil appuyé à une table, qu'une fuite à travers une ouverture, et elle se sent légère elle aussi, comme si les cent ans qu'elle a vécus étaient encore à venir et qu'elle errait, parmi ces formes discrètes, dans le lieu onduleux d'avant les commencements.

Elle tire un petit tiroir, elle aussi, dedans prend une carte, et dans le coin à droite lit les lettres « N-E-V-A ».

« *Ne* va, ou *Me* va? » dit la reine en regardant

avec attention car la première lettre n'est pas nette.

« Ce sera Me va », dit-elle, et des trois portes qu'elle voit, elle prend la troisième à cause des trois jambages du « M », et des deux couloirs qui s'ouvrent derrière la porte, elle prend celui de droite à cause des bras du « E », et dans l'ascenseur elle va jusqu'au dernier étage à cause du « V » qui ouvre vers le ciel, et là, « A », que faire? La reine avance aussi droit qu'elle le peut entre des travées mal éclairées, et soudain tout au bout, elle voit un jeune homme, assis et profondément absorbé, dont le visage semble l'émanation même de pensées endormies en elle depuis des siècles.

La reine n'a jamais vu pareille figure. Son cœur bat d'une atteinte très ancienne. Il lui semble entendre des portes qui battent, des salles, des couloirs qui se dégagent, tout un palais bien plus vaste que l'ancien, et venant du fond de ces couloirs, un bruissement qui déferle comme une vague, le bruit soyeux, le bruit royal de ses grandes robes chantantes volant entre les murs.

– Qui es-tu? dit la reine doucement à celui que dans son cœur elle appelle Meva.

Mais Meva ne répond pas.

– Où habites-tu? dit encore la reine.

– Quelle langue parles-tu?

– Pourquoi es-tu là?

Pas de réponse. Le jeune homme immobile devant la fenêtre ne semble rien entendre, comme si un sommeil ancien l'entourait d'un voilage usé et diaphane. Ses yeux pourtant sont ouverts, ils semblent même poursuivre un objet lointain, ou difficile à saisir.

– Que lis-tu? dit soudain la reine.

A peine a-t-elle prononcé ces mots que Meva s'anime, il lève vers elle ses yeux :

– Une histoire, dit-il, et sa voix soulève une longue suite d'échos dans de grandes cavités emplies de souffle et de désir.

La reine attend que le grand palais secret, caché sous l'ancien, se calme, puis elle dit :

– Une histoire où?

– En moi.

– Pourquoi lis-tu une histoire en toi?

– Parce qu'elle y est, dit simplement Meva.

– Raconte, dit la reine.

– La reine est en haut des remparts, dit Meva, le vent hurle, tout en bas elle voit une forme noire au milieu d'un cortège.

– Oui, dit la reine.

– Une forme noire, dit Meva, mais je ne sais ce que c'est. Je regarde, regarde et ne vois pas.

– C'est une cuve, dit la reine simplement, une cuve noire où grouillent les crapauds, les serpents et les couleuvres.

Meva s'est levé, il a pris la reine dans ses bras, il la serre de toutes ses forces, comme si la cuve était là tout près, comme si tout autour montait le frottement furtif des bêtes horribles se chevauchant contre les parois.

Meva et la reine sont sur la pelouse. Ils ne peuvent se détacher l'un de l'autre. La brume est allongée près d'eux. Les choses rêvées et les choses vécues se mêlent comme des bras assoiffés de se prendre, et c'est la même vie qui se complète, par pans se rejoignant de toutes parts, les liant si fort que s'arracher l'un à l'autre serait s'arracher à soi-même. La brume les enveloppe de grands draps tendres. « S'il y a un autre monde, dit la reine, c'est ainsi qu'y est l'amour. » Et très loin, la cuve fait comme le diamant noir, l'aimant répulsif qui l'a poussée jusque-là, jusqu'à cette pelouse où elle s'est arrêtée, et la reine sait qu'elle ne pourra aller plus loin.

Dans la brume, des silhouettes ont passé, évanouies aussitôt. La reine a sursauté et les bras de Meva se sont resserrés autour d'elle.

– Qui était-ce? murmure la reine.

– Les Endossis, dit Meva.

– Les Endossis? dit la reine.

– Ils ne nous ont pas vus, dit Meva cachant sa tête dans les genoux de la reine.

La reine aussi se rendort un peu, mais presque aussitôt elle se réveille.

– Comment sont-ils? dit-elle.

– L'un est un grand lierre, dit Meva. Dans les feuilles il y a deux meurtrières bleues d'où partent des flèches.

– C'est dangereux? dit la reine inquiète.

– Il suffit de se transformer en nuage, dit Meva, les flèches passent au travers, et on entend alors dans le lierre un bruit offusqué de chauve-souris.

Meva rit, et la reine aussi.

– Un autre est un clocher plein de cordes qui pendent, et toujours il tend l'une d'elles sur le chemin pour qu'on s'y prenne.

– C'est dangereux? dit la reine.

– Il faut contourner la corde, dit Meva, et après il n'y a plus qu'à tirer sur toutes les autres. Les cloches font un tel vacarme qu'il s'enfuit en se tenant la tête.

La reine admire la ruse et rit.

Meva raconte encore celui qui est un arbre, masqué d'une lune en haut, avec laquelle il regarde circulairement et avec équanimité.

– Sûrement celui-ci n'est pas dangereux? dit la reine.

– Parfois, dit Meva, le haut se plisse d'un coup et on voit, derrière, des branches toutes sèches qui s'agitent pour rattraper leur lune et la remettre en rond.

La reine rit encore.

Meva dort contre elle sur la pelouse enveloppée de brume, et la reine pense.

« Les Endossis? » se dit-elle. Brusquement elle se lève, reine, reine, fais vite, elle entraîne Meva, ils descendent la pelouse, les voici à la grande haie d'épines, « par ici » dit Meva, les voici au pied du lac où le canot grince encore sur les galets. Reine, vite, vite, le pêcheur n'est nulle part en vue, sur l'autre rive où le soleil se lève on aperçoit l'ourlet bleuté de l'eau, et en feston derrière, les cottages dans l'écrin que la forêt fait à chacun, et plus loin derrière les deux grandes cheminées rouges d'une cimenterie, et derrière encore, un grand ciel étincelant où court la pointe métallique d'un avion à réaction.

La reine s'affaire dans le canot, un courant prend la coque. Sur la plage Meva est immobile, le regard fixé sur l'autre rive. La reine dans le canot voit soudain qu'elle s'est éloignée, le vent qui a dissipé la brume pousse fort sur le côté, elle sent que les rames elles-mêmes se trompent et accompagnent le glissement. Va-t-elle se jeter dans l'eau et lutter avec les vagues et les lianes aux longs bras et l'entêtement du courant, comme elle a lutté avec la haie d'épines?

La reine sent qu'elle ne le peut plus. La plage est de plus en plus loin. Bientôt elle voit le pêcheur qui sort de derrière l'arbre aux racines englouties. Toute droite dans le canot, elle regarde, regarde. Meva lève les bras vers elle, longuement, puis le pêcheur l'entraîne vers le talus.

Reine, je voudrais être le vent pour renverser les vagues, et les vagues pour qu'elles roulent jusqu'à la plage et les rames pour les fouetter plus vite, et le talus pour qu'il s'aplatisse et la haie pour qu'elle s'écrase dans l'eau, et un galet pour taper sur un autre galet jusqu'à ce que ma fureur explose, je voudrais revenir en arrière et tordre cette histoire d'un grand coup sec et la remettre droite pour te l'offrir. Je n'ai pas voulu cela, pas voulu que les choses se passent ainsi, et maintenant j'entends la douleur qui bat dans le cœur de la reine, je sens la douleur qui s'est mise au-dedans d'elle et que je porte avec moi, partout où je vais, et dont je ne sais plus que faire.

Le palais de la reine

– Reine, ô reine, que fais-tu en ce palais?

– Je suis seule, dit la reine. Le matin, mes intendants viennent l'un après l'autre, ils parlent des travaux du royaume. Je regarde leur visage acéré et leurs yeux pâles, et lorsqu'ils sont partis, je pense à ce qui manque et refais longuement leurs colonnes de chiffres.

– Reine, n'y a-t-il que tes intendants dans ce palais?

– L'après-midi, mes ministres viennent, ils parlent de nos frontières, de la guerre, leurs visages sont lourds et leurs yeux bouffis, lorsqu'ils partent, je vois leurs fesses épaisses qui bougent sous les fourrures, puis je pense aux morts, aux prisonniers, aux enfants à peine nés que je ne pourrai sauver.

– N'y a-t-il que des intendants pâles et des ministres aux lourdes fesses dans ton royaume?

– Les courtisans viennent, ils sont partout, dans les couloirs, les salles, les cours, j'écoute leurs requêtes, leurs plaintes, et lorsque je les ai écoutés, leur regard se vide, et ils retournent à leurs épouses, à leurs appartements, à leur vie à eux, semblable à une petite règle droite bien graduée et têtue, fichée dans le sol du royaume. Elles sont ainsi des milliers et, je ne sais pourquoi, il me semble les sentir comme des pointes lorsque je marche.

– Et leurs femmes, ô reine?

– Elles viennent, elles aussi, et se plaignent de leur mari et de leur dure vie, mais elles repartent en groupes serrés, dès que tombe le crépuscule, comme des aveugles elles retournent à leur foyer à chaque étage du palais, j'entends leurs robes qui crissent et le cliquetis de leurs voix, mais si je les rejoins, voilà que leurs paroles ne se laissent plus comprendre, elles se taisent, oui, avec leurs grands sourires, et leurs joues poudrées, et leurs yeux bordés de noir et de bleu.

– Tes joues, ô reine, n'ont-elles pas la poudre, et tes yeux n'ont-ils pas aussi le noir et le bleu?

– Mon visage a tout cela, mais je ne sais comment, le rose s'en va, comme pour sorcellerie, lorsque me parlent les intendants et les ministres.

– Et tes yeux, reine?

– Je les frotte tant tout le jour, le bleu et le noir désertent mes paupières, comme du sable soufflé par le vent aride.

– Est-ce la seule raison?

– Je pleure le soir.

– Reine, pourquoi pleures-tu?

– Les yeux d'une reine sont comme la margelle des puits où montent les eaux profondes du sol. Son corps ne s'arrête pas au seuil de sa peau, ne s'arrête pas aux murs de son palais, il se prolonge loin, si loin que nul ne sait jusqu'où il va, qu'elle-même ne comprend pas les messages qu'il lui envoie.

– Même les reines ont un père, une mère. Où sont ton père et ta mère?

– Le roi, mon père, s'est retiré dans le donjon, et là entre les murs épais où il se garde du soleil, il contemple ses couronnes et ses décorations.

– Et la reine, ta mère?

– Elle observe le roi, qui regarde ses trophées. Parfois elle envoie sa servante, chargée d'un message pour la princesse que je fus. Ils ne sont pas sortis du donjon depuis plus longtemps que je ne m'en souviens.

– N'avais-tu pas un mari, le roi de ton royaume?

– Il est parti en quête d'un royaume plus grand, plus éblouissant. Ses yeux toujours étaient vers les frontières, vers l'horizon, vers le ciel, comme s'ils cherchaient une cible, qui toujours se dérobait. Je ne sais s'il l'a trouvée, et je crains que marchant ainsi, le cou tendu, obnubilé, il ne tombe de l'autre côté de la terre.

– N'avais-tu pas un autre mari?

– Lorsque je suis devenue reine, il n'a pas voulu être roi. Il est dans le royaume, comme tous les autres de mes sujets et parfois, je voudrais être près de lui, comme toutes les épouses de tous les sujets. Mais je suis la reine.

– Le soir, que fais-tu?

– Je vais à la fenêtre et regarde dans les cours.

– Et que vois-tu dans les cours?

– Je vois les jeunes gens qui s'amusent, les soldats, les étudiants, les chasseurs, les cuisiniers, tous qui s'amusent à leurs jeux.

– Eh bien, reine?

– Je désire leurs corps musclés et joyeux.

– Pourquoi n'oses-tu?
– Je suis la reine.
– N'es-tu pas une femme aussi?
– Oui, mais eux ne le savent pas.
– Fais-le-leur savoir.
– Je ne sais comment.
– Alors, que fais-tu?
– Je pleure.
– Tes yeux, cette fois, ne sont que les puits de ton cœur, et l'eau qui brille au bord, tes larmes, rien que tes larmes.
– Ne parle pas ainsi, demain les ministres viendront, et les intendants, et les courtisans.

Qui parle à la reine? Tout ce qu'elle rencontre en son palais, lorsqu'elle va au hasard, après ses tâches : les murs des chambres et des corridors, qu'elle longe en songeant, l'herbe des remparts, qu'elle effleure au passage, les étoiles qu'elle regarde dans le ciel, longtemps, jusqu'à ce que l'air s'assombrisse, devienne très noir, et qu'alors elle retourne au palais, titubant un peu à cause de tout ce qui est entré dans ses yeux.

Les murs lui disent ce qu'ont toujours dit les murs, durement et obstinément, l'herbe lui dit qu'il n'est rien qui vaille un contact doux et fort contre la peau, et les étoiles, pour celle qui n'a étudié ni les atomes ni les galaxies, ne font qu'un vertige affreux qui barbouille toutes les pensées, un étincellement opaque dans le fond froid d'un entonnoir.

Un soir, la reine met un manteau long, et prend les chaussures qui ne font nul bruit sur les dalles du palais.

Elle descend dans les cours, elle marche à travers les ruelles, nul ne la regarde, son cœur bat pourtant, elle débouche sur une place lointaine où les gens sont assis sur des bancs autour de longues tables.

Impossible de poursuivre sans traverser la place, sans déranger une table ou un banc. Reine, c'est donc là que tu devais aller, que tu dois t'arrêter.

Elle s'assoit sur le coin d'un banc, tout au bout d'une rangée de dos tournés, d'où vient une rumeur forte et discontinue. La reine reste là, attend ce qui va arriver.

En face d'elle, il y a une femme. La reine voit que cette femme se lève, va jusqu'à l'espace rond au milieu des tables et se met à danser. La rangée des dos a pivoté vers la danseuse, de table en table résonne le martèlement d'une cadence.

Les souliers de la femme claquent fort sur les dalles, ses seins bougent dans son corsage, et à son oreille, il y a une plume colorée qui balance au bout d'une cordelette.

Puis soudain, elle manque un pas. Toute l'harmonieuse et envoûtante arabesque se disloque. En un clin d'œil, la reine voit la cheville tordue, l'appui rapide du coude contre la table, qui fait de la femme en une fugitive seconde la statue penchée de la trahison.

« Ce n'est pas une danseuse », se dit la reine, qui tremble comme si la cadence frappée sur les tables s'était accélérée, follement déréglée dans son corps.

La femme se reprend, tourne sur elle-même, de nouveau frappe l'air avec ses mains, frappe le sol avec ses pieds, et ses gestes et les regards qui les suivent sont comme un voile sinueux qui l'enveloppe et danse avec elle.

« A-t-elle vraiment manqué un pas? » se demande la reine.

La femme n'a dansé qu'un instant, déjà elle est revenue, s'est assise à même la table, essoufflée et riant. Un homme lui porte une coupe et, pendant qu'elle boit, lui enserre les épaules.

« A-t-elle vraiment dansé? » se demande la reine.

Elle regarde maintenant la plume multicolore qui sursaute à chaque mouvement et caresse la peau de sa pointe légère. La reine ne peut se retenir, elle tend la main et effleure la plume qui s'est alanguie un instant.

– Quel joli bijou, murmure la reine.

La femme recule le cou dans un mouvement d'oiseau surpris, mais la reine ne le voit pas.

– Comme ces souliers claquent sur les dalles, dit la reine comme pour elle-même, et elle se penche et touche d'une main rapide les souliers qui ballent sous la table.

– C'est exprès! dit la femme laissant tomber ses mots comme s'ils étaient des haches, mais la reine ne le remarque pas.

– Et les seins, dit la reine si absorbée qu'elle ne s'entend pas parler, comme ils bougent quans vous dansez!

– C'est exprès aussi, dit la femme.

– Mais votre ami?

– Je crois que cette femme est folle, dit la danseuse très fort.

D'un geste brutal, elle s'est détournée, a pris le bras de l'homme, tous deux ont disparu dans la foule. Puis la place se vide.

La reine, debout à l'écart, lève les yeux. Loin au-delà des ruelles, le mur du palais fait un rempart tout noir sous la lune. Pas de lumière de ce côté, qu'une sorte d'horizon raide, qui peut savoir qu'une reine habite là-bas?

Sur la place, deux jeunes garçons rentrent les tables. La reine a bien vu, oui, ils voudraient qu'elle les aide, qu'elle boive avec eux la dernière coupe sur le dernier banc. Mais elle s'éloigne.

– Pourquoi, pourquoi? crie la voix des garçons, vive comme un lasso.

La reine court dans les rues, elle passe la porte, elle passe les cours, voici les corridors, les grands corridors déserts qu'elle connaît si bien, pas un bruit, pas un mouvement. Par les fenêtres régulièrement espacées, tombe la lueur froide de la lune, en rectangles nets sur le sol, les statues sont là, déterminées comme toujours, la reine petit à petit cesse de courir, reprend son souffle, puis elle s'assied au centre de la longue galerie.

Au mur, les tableaux, enveloppés de nuit maintenant, mais qu'elle connaît tous, ceux des princes, des législateurs, des généraux, des chroniqueurs, ceux des fleuves et des montagnes et des plaines du royaume, ceux des batailles et des grands travaux.

La reine ne pense plus à la danseuse qui trébuche et à sa plume multicolore. Elle pense aux intendants et aux ministres qui l'attendent dès le petit jour, et la paix est sur son cœur comme une châsse de métal froid et bien solide.

– Reine, tu ne dors pas?

Dans le palais silencieux, un bruit s'est fait entendre, à peine un bruit, l'âme d'un son envolé.

– J'entends un bruit, dit la reine, assise dans son grand lit, si pâle qu'on la dirait fardée de lune.

– Nul ne bouge, rendors-toi, afin que demain tes ministres te trouvent comme toujours dans la salle de ton trône.

– Le bruit vient de la galerie, dit la reine.

– Rendors-toi, on ne l'entend pas, un bruit qui ne s'entend pas n'est qu'un rêve.

– Je l'entends, dit la reine, et maintenant il y en a un autre, semblable au premier.

– C'est un cauchemar, errant sans but à travers les couloirs sombres du palais. Rendors-toi, ou il se jettera sur toi.

– Un troisième bruit, tout semblable à eux, a suivi les deux premiers.

– C'est une folie, qui flotte comme un brouillard au-dessus du palais. Rendors-toi, ou elle se déposera sur toi et tu t'affaisseras, reine, comme une roche suant l'humidité.

Mais il est trop tard. Dans le ventre du palais, un à un, le bruit se répète, bruit sourd d'une chute, suivie d'une autre chute, et d'une autre encore, à intervalles réguliers, aussi réguliers que les grands tableaux qui se tiennent sur les murs, dans la grande galerie.

Et lorsque autant de chutes sourdes qu'il y a de tableaux dans la galerie se sont fait entendre, alors ce sont des pas, lents, presque imperceptibles, faits d'une lourde matière de silence, silence des tombes et des mausolées, qui montent par l'escalier à double volée.

La reine tient son ventre à deux mains, elle entend ce qui vient, ces pas découpés dans l'indicible matière du silence, et qui font dans ses entrailles des échos encore plus indicibles, inintelligibles, des sons horribles de la matière violacée des intestins. La reine entend avec ses intestins, et le palais est un intime champ de bataille, tendu de muqueuse humaine, où piétinent les fantômes des guerres passées.

Les voici les uns après les autres qui surgissent du trou noir de la porte, les princes, les généraux, les législateurs, les chroniqueurs, ils entourent le lit de la reine, ils se massent dans la vaste chambre, ils se poussent et s'entassent, puis ils ne bougent plus. Les nuages qui glissent devant la lune laissent éclairée tantôt une figure, tantôt une autre. Une ombre ainsi se déplace sur les rangées de visages immobiles, aussi rigides que leur portrait, et qui tous regardent la reine.

Puis voilà qu'ensemble ils se mettent à remuer un peu, d'un pied sur l'autre, en frappant un peu plus fort, de plus en plus fort, autant qu'ils le peuvent avec leur force bizarre de momies, et la reine se courbe sur son ventre qui résonne en dedans, comme la peau écartelée d'un tambour.

Les nuages de tempête, qui tournaient indécis, se

sont enfin réunis sur le palais, l'ombre s'est étendue d'une rangée à l'autre, a englouti tous les visages. Les cernes livides de lune sont partis, avec les yeux peints qu'ils éclairaient, il fait tout à fait nuit, et la pluie tombe à verse, sur les toits, sur les cours, au rebord des fenêtres. Un ruissellement vient des gargouilles, des rafales portent la pluie jusqu'à la reine, recroquevillée à même le sol sous la fenêtre, près de son manteau d'apparat, froissé et mouillé, qui a glissé d'elle.

– Reine, pourquoi trembles-tu?
– J'ai vu mon époux, dit la reine.
– Est-ce cela qui te fait trembler?
– Il allait, le cou tendu vers l'avant, cherchant un palais plus grand que celui-ci.
– Cela, tu l'as déjà dit.
– Il allait si vite, le cou si tendu, il ne voyait pas la ligne de l'horizon, il allait tomber dans l'encre noire de l'espace...
– Peut-être n'est-il pas tombé?
– Il ne voyait pas ceux qui le croisaient, qui passaient près de lui, pas même moi qui frôlais son bras...
– Reine, tu trembles encore.
– J'ai vu mon autre époux.
– Certes, il est dans ce palais.
– Il était dans ce palais, dans une salle étroite et circulaire, au bout d'un lointain couloir, il cherchait le grand escalier pour remonter vers la salle du trône.
– Eh bien?
– La foule des courtisans l'en empêchait, il ne

pouvait fendre leur mur épais. Tous étaient plus grands que lui, il ne pouvait voir une seule marche, et lorsqu'il essayait d'avancer, les manches des courtisans lui retombaient sur la figure, l'empêchant de respirer.

– Reine, que te fait le sort de cet homme trop petit?

– C'était un roi.

– Ni cet ex-roi ni l'autre ne sont plus tes époux.

– Oui, dit la reine.

– L'un a pour compagne dans sa tête un mirage brillant qui illumine sa route, l'autre dort avec une courtisane aux fesses bien pleines.

– Oui, dit la reine, mais je tremble.

– Ferme la fenêtre, jette ce manteau d'apparat et tire sur toi une couverture, c'est le froid qui glace les reines et non les époux absents.

La reine a mandé le jeune homme à la voix semblable à un lasso. Elle le reçoit dans le cabinet de lecture. Là, tous les murs sont tapissés de livres, on ne voit pas leur âpre dureté semblable à un front fermé, pas de portraits non plus, pas de meubles, et sur le sol pas de tapis, mais les longues planches luisantes d'un très ancien parquet de chêne.

– Je savais que tu m'appellerais, dit le jeune homme lorsque la porte s'ouvre et qu'il a reconnu la femme qui l'attend.

– Entre, dit la reine.

Mais le jeune homme ne bouge pas du seuil.

– Tu veux repartir? dit la reine tristement.

– Les patins, dit le jeune homme.
– Comment? dit la reine.
– Chez ma mère, où les planches ne sont pas si brillantes, dit le jeune homme, il me faut mettre des patins de laine. Je n'ose marcher sur ce parquet.
– Ah, dit la reine, les patins de laine.
Elle s'apprête à dire que tous les jours les servantes frottent et brossent et huilent les parquets du palais, mais voici ce qu'à la place elle dit :
– Ne t'inquiète pas, je nettoierai demain.
Le jeune homme entre sur la pointe des pieds, il marche comme un cheval entravé, puis il voit tous les livres et se fige sur place, le visage plein de surprise.
– Sais-tu chez qui tu es? dit la reine qui est venue sans son manteau de cérémonie que la pluie a trempé et délavé.
– Chez une dame très savante et très soigneuse, dit le jeune homme en s'approchant d'elle et lui mettant un baiser dans le cou. Hormis cela, je ne sais rien.
La reine n'a pas bougé sous le baiser. Maintenant elle se répète ce que disent les servantes lorsque, entre elles, elles se coiffent et se parlent. « Nous avons bu un verre, disent les servantes, après j'ai posé ma jupe, puis nous avons fumé une cigarette. »
– Veux-tu un verre? dit la reine.
Le jeune homme boit lentement, en regardant les étagères de livres, d'un côté à l'autre, de haut en bas. La reine, elle, regarde le bras du jeune homme lorsqu'il porte le verre à ses lèvres, et la découpe rude et ronde de son cou. Lorsque le verre

est fini, il le pose délicatement par terre. La reine alors se souvient de ce que disent les servantes et elle défait sa longue jupe.

– N'as-tu pas un lit? dit le jeune homme.

– Mon lit est trop étroit, dit la reine, mais ma jupe est large et épaisse.

Le jeune homme est entré dans la reine, pardessus la grande jupe qui recouvre le parquet brillant. Etendue, la reine songe aux ministres et aux intendants, elle songe à ses deux époux, elle voit le parquet à sa droite et à sa gauche, tout près, comme un oreiller bien dur, et ses livres à l'envers, sur les étagères qui ont l'air de vouloir fuir au plafond avec leur charge en panique comme des moutons, et elle rit.

– Tu ne voudras plus de moi, dit le jeune homme qui se retire.

– Comment? dit la reine qui sursaute.

– J'ai été trop vite, dit le jeune homme, et tu as ri de moi.

La reine se souvient d'une scène ancienne. Elle est assise sur une pelouse qui descend doucement jusqu'à une rivière bordée de saules et de bouleaux. Sa robe de mousseline fraîche est étalée autour d'elle sur l'herbe vernissée, et elle repose au milieu des volants et des fronces comme il convient à une princesse. Soudain il est venu un vent tournant, comme il arrive parfois dans ce pays, une pluie de feuilles d'automne s'est abattue autour d'elle, des feuilles qui ne pouvaient venir des arbres en leur été verdoyant, ni du ciel en son bleu séraphique, qui ne pouvaient venir de nulle part dans ce paysage, elles étaient d'un or bruni, comme martelées dans un métal par un orfèvre puissant et barbare, et tournaient en crissant autour de la princesse, prise au centre de cette petite tornade, dans sa mousseline brusquement emportée. Tout autour le paysage était immobile, les feuilles vertes sur les arbres ne bougeaient pas, et l'herbe continuait de briller au soleil en suivant les ondulations paisibles de la pelouse.

– Je ne riais pas de toi, dit la reine.

– Mais tu ne m'aimais pas, dit le jeune homme.

La reine connaît l'immobilité. Elle ne bouge pas plus qu'une statue. Aucun geste ne se présente devant ses bras, aucun pas devant ses pieds, aucune parole sur sa langue. Se peut-il que la vie s'arrête et se solidifie, lorsque pas un canal, même très petit, n'est là pour la faire couler, doucement ou violemment, comme il se doit? La reine ne se rappelle pas comment s'est défaite l'horrible surface lisse plus inconcevable que la mort, où s'est creusé le sillon qui les a emmenés, mais voici que tous deux ils cherchent quelque chose, ils tirent les livres, les jettent par terre, glissent la tête derrière les longues rangées, montent sur les hautes échelles et s'appellent entre le sol et le plafond, ils cherchent avec scrupule et entrain, avec étourderie et chagrin, ils cherchent derrière les rideaux des fenêtres, et même dans le paysage qu'on voit des fenêtres, et dans leur mémoire soudain broussailleuse comme un sous-bois.

Lorsqu'ils ont beaucoup cherché, fatigués, ils s'assoient sur la grande jupe de la reine, toujours étalée sur le parquet brillant.

– Ah, dit soudain la reine, je sais pourquoi j'ai ri.

– Tu as ri? dit le jeune homme.

– C'est à cause des cigarettes, dit la reine.

– Tu les as oubliées, dit le jeune homme, comme les patins?

– Non, dit la reine, mais elles étaient dans ma grande jupe et sûrement nous les avons écrasées.

– Fais voir quand même, dit le jeune homme.

La reine sort les cigarettes aplaties de sa poche, longtemps ils les tapotent, les redressent, les lissent, jusqu'à ce que les petits cylindres soient à leur convenance, et alors la fumée monte, monte en double filet par-dessus la jupe sur laquelle sont en tailleur les jambes nues de la reine, et au creux de celles-ci les pieds nus du jeune homme.

– Quelle histoire! dit celui-ci en aspirant à grand bruit.

– Quelle histoire! dit la reine en faisant de même.

Lorsque toute la fumée a été tirée, la reine remet sa jupe et le jeune homme ses souliers, puis il pose un baiser dans le cou de la reine.

– Bye, bye, dit-il, je reviendrai, et le voilà parti.

Restée seule, la reine ramasse les cendres et les livres, et balaie le sol, puis quand le parquet est redevenu brillant comme sous les chiffons des servantes, elle s'arrête et s'appuie sur le balai, regardant ses étagères qui n'auront plus jamais tout à fait leur air d'avant.

– Eh bien, reine, as-tu trouvé la douceur de l'herbe?

– La douceur de l'herbe, non, dit la reine, ce n'était pas cette douceur-là.

– Et les murs, as-tu oublié leur dureté?

– Non, dit la reine, je sais bien qu'ils sont toujours là.

– Et l'éloignement des étoiles, s'est-il modifié? As-tu toujours ce vertige dans le ventre lorsque tu les regardes au fond du ciel d'encre?

– Les étoiles sont toujours aussi loin, dit la reine qui réfléchit tant que son visage se parcourt de lignes comme la page d'un livre, et le vertige sûrement serait le même si j'ouvrais cette grande fenêtre, ce soir où le vent aigre souffle, où les arbres sont tout noirs au fond du parc, et les tombes grises et fantômales en dessous.

– Alors, reine, qu'as-tu donc fait?

– Je pense, dit la reine, sur le visage de laquelle les lignes se multiplient comme sur les pages d'une longue histoire tournée très vite, je pense que j'ai fait l'amour avec un garçon du palais.

– Et ensuite?

– Il n'y a pas de suite, dit la reine, c'est tout.

– Mais quel rapport avec l'herbe, les murs, les étoiles?

– Aucun rapport, dit la reine dont le visage se ferme brusquement.

Qui donc sait que la reine a un secret? Elle retourne à sa chambre, elle écoute les servantes et leur répond, gracieusement comme toujours, mais à personne elle ne montre le secret, et ainsi il devient mensonge. La reine a un secret et, lorsqu'elle est seule, elle s'étonne à cause du mensonge qu'il fait.

Il y a beaucoup d'autres secrets dans la tête d'une reine, de très gros que seuls connaissent les ministres et les intendants, d'autres longs et minces comme des fils que chacun de ses époux tiendrait par l'autre bout, des moyens qui ont dû être étincelants, mais sont ternis en bien des coins car tant de courtisans les ont touchés, et puis il y en a des petits que les servantes ont fort utilisés et qui sont semblables à des soieries très souillées, et d'autres encore, légers comme des bulles, que soufflent les passants et que recueille la reine, lorsqu'elle passe elle aussi et que ses yeux errent.

Le secret qu'elle a maintenant ne ressemble à aucun de ceux-là.

C'est une tache sur une grande jupe, c'est une courbature dans les reins, c'est une vaguelette de rire au fond de la gorge, qui revient avec la persévérance de celles-ci, « un verre et une cigarette! » se répète la reine, laissée seule sous le grand dais violet de son lit.

Un secret que nul ne partage n'est pas un mensonge. Pourtant il y a quelqu'un qui le connaît, qui lui en parle. Qui donc est cette personne? Ce n'est pas les ministres, ni les intendants, ni les courtisans, ni bien sûr le jeune homme, qui ne sait pas qu'elle est la reine, qui ne sait pas qu'il est le jeune homme dans le secret de la reine, et pas même sans doute qu'il est le jeune homme dans son propre secret.

A cause du mensonge, la reine sait désormais

qu'il y a quelqu'un, que c'est elle et qu'elle est deux.

Ainsi se passent les premières heures de la nuit. La reine, très éveillée, tient ferme contre sa pensée le secret, son trésor.

Les miroirs du palais savent certes renvoyer les images, ils savent refléter la couronne, le grand manteau d'apparat et tout ce qu'il est de leur devoir de montrer à la reine. Les yeux des ministres et des autres habitants du palais savent aussi renvoyer des images de reine, parfois plus nettes, parfois plus confuses selon les cas.

Le secret, lui, ne renvoie pas d'images, mais la reine voit sa grande jupe et celle qui a posé cette jupe, elle voit le jeune homme qui boit et celle qui regarde le cou rond et rude du jeune homme qui boit, et plus encore que tout cela, elle sent, penchée près du secret comme elle, celle qui le connaît et ne le livrera pas, celle qui possède le mensonge. Et tout cela fait autour d'elle comme une grande société, et sous le dais solitaire, la reine calme et étonnée s'endort enfin, comme au creux peuplé d'une ruche mouvante et silencieuse.

Le petit secret a résisté très longtemps. Pourtant un matin, la reine a su qu'il allait partir, et avec lui le mensonge, et avec le mensonge celle qui possédait le mensonge. La reine ne trouvait plus le secret ni sur sa jupe, ni dans ses reins, ni dans sa gorge, ni dans ses mots « un verre et une cigarette ». Elle s'est trouvée très délaissée, et de nouveau elle a aspiré à la douceur de l'herbe, au fléchissement des murs et au rapprochement des étoiles. Cette nuit-là, elle a fait un rêve.

– Eh bien, reine, raconte, puisque tu le veux tant.

– Ce n'était pas mon rêve.

– Le rêve de qui alors?

– Celui des autres, et j'étais dans leur rêve.

– Qui rêvait?

– Mon époux.

– L'époux, encore!

– Cependant il était là, et j'étais dans son rêve.

– N'est-il donc pas tombé de l'autre côté de l'horizon, dans l'encre noire de l'espace?

– Il n'est pas tombé, il allait de royaume en royaume et pénétrait enfin dans le plus grand, celui qu'il avait cherché avec tant d'aveugle constance, tout au long de sa vie déjà presque finie, mais voilà qu'une douleur l'enveloppait comme un suaire, car s'étant retourné, il a vu tout au bout du chemin étréci infiniment et très sombre, la reine toute petite dans son palais étroit et noir.

– Pour qui souffrais-tu?

– Je souffrais pour lui.

– A cause de cette minuscule silhouette très loin entre deux murs noirs?

– A cause de lui. Je savais bien que la femme là-bas était de taille normale dans un palais pas plus étriqué qu'un autre.

– Comme ta lunette se retourne vite, reine!

– L'autre rêve...

– Ton autre époux, sans doute?

– Il allait, soucieux, dans la foule des courtisans, le flanc pointu de son épouse heurtant à chaque pas son côté...

– Le flanc de son épouse est rond.

– Elle avait le flanc pointu, et dans son rêve, la reine était assise sur le trône, la tête penchée et les mains retournées sur ses genoux.

– Tu souffrais pour qui?

– J'aurais voulu dans ce rêve redresser la reine, la faire sourire, soulever sa main en un petit signe, mais cette reine ne bougeait pas, et je voyais entre ses jambes qui pendaient sans vigueur du bord du siège une sinuosité grisâtre qui me déplaisait.

– Une cuisse, une ficelle, la trace luisante d'une limace?

– Ce n'était qu'un vêtement de dessous, mal tiré, semblable à un chiffon trop souvent jeté dans les bassines bouillantes avec d'autres chiffons mal dépliés.

– Quelles histoires tu racontes, reine!

– Ce n'est pas tout.

– Encore tes époux?

– Non, pour eux, c'en est fini.

– D'autres alors?

– Peut-être.

– Continue.

– Quoi?

– Ton récit, le récit de tes heures sombres dans le dédale de la nuit.

– La reine était dans le rêve d'une foule. Elle était partout, infiltrée comme une buée dans les petites crevasses des portraits de la galerie, pénétrant les songes des courtisans, des autres habitants du palais. Par une brèche ignorée, soudain elle était là, frôlant des murs qu'ils n'avaient pas vus, glissant dans des couloirs inconnus, postée comme une vapeur à un détour ou un autre, apparaissant tout au bout d'une esplanade, ou si proche devant qu'on aurait dit une large lune sans traits tombée là comme un rideau.

– Que faisait-elle?

– Je ne vois que sa silhouette, et la lacération rapide d'un coup de poignard dans le cœur des rêveurs.

– Qui poignardait?

– Le passage de la silhouette de la reine.

– Et toi?

– J'aurais voulu jeter du sel entre cette ombre et ceux qui la rêvaient, mais ma force ne pénétrait pas en ces lieux.

– La reine était-elle dans le rêve du jeune homme?

– Non.

– Non?

– Elle n'y était pas, absolument pas.

– Qui rêvait qu'elle n'y était pas?

– Je ne comprends pas, ma tête me fait mal.

– Est-ce le rêve du jeune homme qui était absent de ton rêve, ou son rêve était-il bien dans le tien, mais vide de reine, flottant et sans contour?

– Le jeune homme et le rêve ne hantent pas les mêmes lieux.

– Ta tête?

– Ce n'était qu'un grain.

– Tu as tant voyagé cette nuit.

– Oui, oui, dit la reine, mais je ne suis pas si fourbue.

Lorsqu'elle s'est réveillée, malgré la fatigue de ses membres qui n'avaient cessé de sauter spasmodiquement dans l'errance de ces rêves où ils avaient assumé le fardeau de tant de corps différents et parfois de plusieurs à la fois, malgré le grain qui avait secoué sa tête, malgré d'innombrables efforts dirigés en tous sens et se retournant souvent sur eux-mêmes comme de pauvres scorpions désorientés, la reine s'est trouvée peu fourbue et assez satisfaite.

Ses courbatures, loin de se présenter en lancinantes importunes, étaient plutôt là comme les ambassadrices déférentes de dures mais lointaines souffrances et l'escortaient dans un mouvement d'étoffes raides. Et cela plaisait à la reine, car elle se sentait, dans cette escorte invisible, tout à fait en à-part-soi.

Or il est arrivé que, dans ce moment étonnamment peu déplaisant, la reine, en se penchant, a aperçu sur le sol une petite plume multicolore qui y était tombée. Il ne lui a pas été facile de l'attraper. Le simple mouvement de son bras, trop brutal, a fait s'envoler la plume un peu plus loin. La reine, qui ne s'y attendait pas, a failli tomber. Elle s'est rattrapée cependant, mais dans le vent déplacé, la plume s'est encore envolée.

Elle était si légère, un rien la soulevait. Lorsque la reine, ayant compris de quoi il retournait, eut mis plus de retenue à son bras et plus de souplesse à son dos, ce sont ses jupes qui ont chassé la plume. Le satin, en vague bouillonnante, courait sur le sol, et la plume du même mouvement courait devant, et quand la vague s'arrêtait, elle s'arrêtait presque aussitôt, mais un mètre plus loin. La reine, perplexe, s'est arrêtée aussi.

Puis, furtivement et respirant à peine, elle a dégrafé la grande robe, l'accompagnant de la main le plus bas possible, jusqu'à ce qu'elle tombe tout entière sur le sol, sans plus de bruit qu'un petit soupir. La plume s'est soulevée à peine et est retombée presque sur place.

Alors la reine s'est élancée, dans son seul jupon qui touchait à peine le sol et n'avait que quelques fronces. La plume s'était envolée aussi bien sûr, mais moins loin, beaucoup moins loin.

La reine alors a laissé tomber son jupon, puis son demi-jupon, puis son quart-jupon, elle courait en se déshabillant, jetant un à un sur les dalles luisantes de la grande galerie les jupons de plus en plus petits, et la plume voletait, de plus en plus proche.

Lorsque la reine est arrivée au bout de la galerie, devant le perron en arc de lune qui menait au parc, elle était tout à fait nue, mais elle avait attrapé la plume.

Un jardinier, qui se trouvait là de grand matin comme c'était son devoir puisque des fleurs fraîches devaient s'épanouir dans tous les vases avant le lever de la reine, a vu cette femme nue qui parlait seule à une plume et l'a prise pour une folle égarée comme il y en a souvent dans les palais.

Mais c'était un jardinier qui ne réprouvait pas les folles, car un long compagnonnage avec les plantes lui avait appris qu'il y a d'innombrables façons de chercher le soleil ou de s'en protéger, et de prendre l'air là où il se trouve.

– Tu as une belle plume, dit-il en s'approchant.

– J'ai eu du mal à l'attraper, dit la reine si essoufflée que ses seins bougent.

– Pourquoi donc? dit le jardinier.

– Elle fuyait, dit la reine.

– Ah, dit l'homme, comme les feuilles devant mon râteau.

– Vous comprenez vite, dit la reine.

Le jardinier, voyant qu'il avait pris un avantage, en a profité pour envelopper la folle dans la grande toile où il comptait plus tard jeter ses fleurs coupées avant de les trier pour le palais.

La reine voyait fort bien ce qu'il faisait, mais dans l'à-part-soi où elle se trouvait, elle jugeait préférable de ne pas quitter ce sentier nouveau où l'avait emmenée la plume et de s'en tenir à ce qui arrivait, sans regarder derrière ni sur les côtés.

– Pourquoi fais-tu cela? dit-elle au jardinier pour entendre sa réponse.

– Pour protéger la plume, dit cet homme habile.

– Mais je la protège très bien, proteste la reine.

– Certes, mais elle est nue, des yeux peuvent la voir, en prendre envie, il peut pleuvoir, une main pourrait s'en emparer et la jeter à la poubelle.

– Bien sûr, dit la reine, qui comprend tout.

Et elle s'est laissé entraîner par le jardinier, à travers le parc, à travers plusieurs jardins, jusqu'à une petite cahute qui donnait sur des cages à lapins au-dessus d'un rail de chemin de fer.

La reine est restée longtemps avec le jardinier. Il la traitait bien et n'exigeait d'elle qu'une chose : qu'elle n'aille pas errer du côté de la galerie ou des jardins, et pour l'en empêcher, il ne lui donna pas d'autres vêtements que le sac de ses fleurs, qu'il lui laissa arranger cependant, car c'était un homme qui comprenait la coquetterie des femmes, et le soir son cœur s'adoucissait de voir les bras, blancs dessous et hâlés dessus, qui sortaient si innocemment à la découpe grossière des manches.

– Tu as fait de ce sac une vraie robe, a-t-il dit ému.

Un autre jour, il lui a dit :

– Les femmes de la cour ne sont pas si belles dans leurs falbalas que toi dans cette vieille toile.

Mais la reine voyait bien comme sa faible peau, sans les onguents et les soies et les fards, laissait paraître tous les tracas et soucis d'un long passé de reine. Et elle ne savait que penser.

Un autre jour encore, le jardinier lui a dit :

– Si je n'avais cette grande peur que tu partes, j'irais chercher des robes pour toi au palais.

– Ah, dit la reine, tu me trouves laide dans le sac de tes fleurs.

– Non, dit le jardinier, mais tu sembles triste et je ne sais que faire.

Alors la reine a cessé d'être triste. Elle s'est promenée entre les rails abandonnés où poussait l'herbe, le soleil était doux le soir, on apercevait les reflets de mica sur les fenêtres du palais, si loin à la courbure de l'horizon qu'il ne faisait plus qu'un enchevêtrement de façades semblable à une jungle de pierre et de verre.

Le soleil s'enflammait une dernière fois, et c'était là-bas comme un amoncellement de pierreries, un animal fabuleux couvert d'écailles de diamant, ruisselant de sang, de neige, d'or, surgi un instant de l'espace infini pour y replonger bientôt.

Puis tout ternissait doucement. Quelques zébrures filantes s'accrochaient au fil droit d'une façade, une longue gaze d'un éclat bleuté s'attardait sur une coulée de vitres, et cette couleur fragile était comme posée aussi sur la peau de la reine. Elle en sentait un pan impalpable en écharpe autour de ses épaules, et ne pouvait quitter des yeux l'autre pan qui flottait là-bas, sur les vitres opaques du palais.

Elle attendait le jardinier. Lorsqu'il arrivait, qu'il s'étendait près d'elle dans l'herbe pour regarder lui aussi la nuit s'accomplir, elle pouvait alors abandonner le pâle reflet bleuté, le laisser disparaître comme une chose mal vue, mal comprise.

Le palais s'ossifiait en grandes masses noires, mais en bas, dans le ravin, l'herbe était encore tiède.

– J'ai cherché cette herbe très longtemps, dit un soir la reine, alors qu'allongés non loin l'un de l'autre, ils contemplaient encore une fois le lointain couchant.

– Est-ce possible? dit le jardinier surpris. Il y a de magnifiques pelouses dans le palais.

– Mais, dit la reine, elles ne sont pas faites pour s'y coucher.

– Les dames s'y posent pourtant, je les vois là comme de grands oiseaux, avec leur plumage qu'elles étalent.

– Les dames s'y posent, mais pas les folles.

Le jardinier s'est tu un moment, puis il a dit :

– Tu n'es pas une folle.

La reine soudain se lève, quitte la robe de toile grossière, et s'étend, nue et très blanche, sur l'herbe. Ses yeux bougent comme des bêtes qui ne savent où se poser. De côté, elle regarde le jardinier, et son cœur est plein d'agitation.

Va-t-il jeter la robe sur elle, la lui remettre brutalement comme une camisole de force, et la pousser vers le palais à coups de pied, à coups de poing sur les épaules, et la renvoyer toute marbrée de bleu et de rouge en criant, en criant dans le ravin qui se remplira d'échos coupants, d'une tempête d'échos ineffaçables où se tordra l'ombre convulsée du soir, de la nuit mortelle aux odeurs froides de pourriture?

Le jardinier détache ses souliers, il enlève ses chaussettes épaisses et rugueuses, la reine voit que ses pieds sont jeunes et vigoureux, il se défait lui aussi de tous ses vêtements sans en garder un, et il s'allonge de nouveau, non loin de la reine, très droit et raide.

L'herbe est froide maintenant, les fines lames piquent de leur bord acéré, une sorte de rosée suinte de la terre, et les pentes du ravin sont lisses et noires comme des murs.

– Nous sommes comme dans une tombe, dit la reine dont les yeux sont pleins de larmes.

Le jardinier ne dit rien, ne bouge pas.

– On dirait que la terre se hérisse et veut mordre avec ses herbes dures, dit la reine.

Au bout d'un moment, la reine dit encore :

– Les étoiles ressemblent à de terribles petits

vers, logés dans le corps pétrifié du ciel, et les larmes coulent sur ses joues.

Nulle réponse ne vient, le froid du sol monte dans ses membres, ses pensées se laissent aller dans la tête et ballent comme de grands chiffons insensés, la reine sent que les choses se séparent et qu'elle va mourir.

Mais voilà que le jardinier, qui n'avait dit mot jusqu'alors, qu'elle ne sentait plus à ses côtés, qu'elle croyait très loin retranché et peut-être parti tout à fait, voilà qu'il parle.

– Mon enfant que j'aimais est morte, dit-il.

– Tu avais un enfant, toi si jeune? dit la reine dans une surprise violente.

– J'ai vu son visage devenir plus vieux que le mien, plus vieux que celui de mon père, et se décomposer presque dans mes mains.

– Quand? dit la reine.

– Il y a longtemps, mais elle ne quitte pas mes rêves, avec son visage fou d'enfant-vieillarde.

– L'as-tu vue cette nuit?

– Elle errait en pleurant et m'appelant tout autour des murs du palais, mais je ne pouvais la faire entrer.

– Où l'as-tu enterrée? dit la reine.

– Dans ce ravin, dit le jardinier.

– Et ta femme?

– Elle est devenue folle.

– Tu n'as rien pu pour elle?

– Pas même la garder dans mes bras.

– La femme et la fille du jardinier, dit la reine pensivement.

– Je n'étais pas jardinier alors, dit le jardinier.

– Que faisais-tu?

– J'étudiais.
– Et depuis?
– Depuis, je n'ai plus étudié.
– Plus jamais?
– J'ai pris ce travail au palais, si différent de mes études, et je regarde passer les années, qui m'emportent de plus en plus loin des visages de mes souvenirs, les années qui passent comme de grands troupeaux muets, toujours à quelque distance, trop loin de moi.

La reine doucement se lève, remet sa robe à l'échancrure grossière.

– Viens, dit-elle, il fait froid maintenant.

Et comme le jardinier ne bougeait pas, elle lui a tendu ses vêtements un à un, il les mettait en silence, avec obéissance, et le cœur de la reine était plein d'étonnement.

Ils sont repartis vers la cahute, près des cages à lapins, au-dessus du ravin.

« Est-ce un enfant, se demandait la reine en marchant, est-ce un vieillard? » et elle le regardait sur le côté, et voyait un visage qui ni lui donnait pas d'autre réponse que celle que donnent les nuages avec leur profil fugitivement si net au milieu des grandes nappes voguantes.

Dans la cahute, la reine s'est couchée sur le jardinier, elle a étendu ses bras sur les siens, et a pris ses jambes dans les siennes, son visage était dans son cou, tantôt d'un côté tantôt de l'autre.

– Est-ce que je te couvre bien? a murmuré la reine.

Puis le jardinier s'est couché sur la reine, son

corps était plus grand et enveloppait sans qu'il y ait à bouger.

– Est-ce que je t'emplis bien? a-t-il dit.

Le silence, en leur absence, était revenu, avait envahi le centre et les coins, et ce n'était que l'avancée d'un silence beaucoup plus grand, qui entourait toute la terre et pénétrait en ressac dans les golfes mal gardés, frère de celui qui tombe des étoiles et fait ce grand mur invisible, toujours en retrait, contre lequel on voudrait se jeter et qui esquive toujours, emportant la tête dans un hébétement désolé.

Ni l'un ni l'autre n'ont dérangé le silence. Leurs corps n'étaient pas forts, ne voulaient pas l'affrontement, ne pouvaient s'y mesurer.

En lisière du silence sauvage, ils avaient un chemin à suivre, fait d'une autre substance.

Le jardinier couvrait la reine, puis la reine couvrait le jardinier, et ainsi au long de la nuit, ils ont veillé une forme frêle couchée entre leurs deux corps, sa chaleur, ses murmures, semblables aux bruits infimes de brindilles brisées dans la nuit, aux feuilles frôlées frémissant sur les buissons.

La reine, un jour, a attaché sur le sac de sa robe la plume multicolore. Le jardinier a vu la plume, avec son duvet un peu froissé, maladroitement griffée sur l'étoffe rude. Il est allé au palais, a rapporté une robe de satin, et l'a posée devant la reine.

– Je dois chercher la femme qui avait une plume semblable à celle-ci, dit la reine.

– Je vais recommencer à étudier, dit le jardinier, le soir, après mon travail.

La reine a quitté la cahute, le ravin, et l'herbe tantôt froide tantôt chaude au corps.

Elle marche dans les rues, à la recherche de la plume qu'elle a vue danser à l'oreille de la femme inconnue. Le soir, elle arrive à la place où sont les bancs, les tables, la foule.

Elle tremble, tant de choses l'agitent, si menues qu'elle ne sait ce qu'elles sont, qu'elle ne les perçoit pas plus qu'un frôlement de goujons entre les jambes.

La reine ne connaissait que le grand souci, celui qu'exposaient ministres et intendants, ou encore celui qui lui venait de ses époux, mais c'était là aussi souci de roi, et la reine voyait ce grand souci dans tout le royaume, reflété sur les miroirs, peint sur les tableaux, raconté par les chroniques, répété par les courtisans, renvoyé de lieu en lieu par les échos, tant et si bien qu'elle ne savait plus si son souci précédait les récits, ou les suivait en les copiant.

Qu'est-ce qui l'agite ce soir? Un souci très petit, une peur. La reine craint de ne pas reconnaître cette femme qu'elle cherche, parmi tant de femmes dans les rues autour du palais. La reine en effet ne connaît que les épouses des courtisans et les servantes.

– Es-tu sûre que tu connais même celles-là?

– Non, non, dit la reine, dont les pensées sursautent comme des bêtes fouettées, je ne connais que les robes des courtisanes et les robes des servantes, mais pas elles, pas même elles.

– Et tu veux retrouver parmi des milliers de femmes une femme qui n'a même pas une robe que tu peux reconnaître?

– Mais elle aura une plume, dit la reine.

– Et si elle ne l'a pas?

– Si elle ne l'a pas, dit la reine hésitante, si elle ne l'a pas, et bien c'est que celle-ci est la sienne.

– Et alors?

– Et alors cela veut dire qu'elle l'a mise sous mes pas dans la grande galerie, dit la reine qui triomphe.

– Mais si elle n'a pas la plume, elle sera semblable à toutes les autres femmes que tu n'as jamais regardées, et tu ne la reconnaîtras pas.

– Elle m'aura donné la plume, et moi je ne la reconnaîtrai pas, dit la reine qui désespère.

– Mais peut-être aura-t-elle la plume?

– Alors je la reconnaîtrai, dit la reine de nouveau joyeuse.

– Mais en ce cas, si elle a la plume à son oreille, quelle est cette plume que tu as?

– Cette plume que j'ai?

– Celle qui est en ce moment sur ta robe.

– En ce cas, dit la reine qui se tourmente, ce ne sera pas la sienne, elle ne l'aura pas mise sous mes pas, et alors pourquoi chercher cette femme?

Qui parle, qui répond? La reine ne le sait pas, ne sait pas même qu'on parle et qu'on répond. Elle va et vient sur la place, comme une plume elle-même, poussée par les vents soufflant des domaines que nul ne connaît.

De loin, elle aperçoit un jeune homme qui

s'affaire entre les tables où boit la foule. La reine s'arrête un instant. Elle se rappelle une histoire qui lui fait très envie soudain, dans laquelle elle voudrait passionnément entrer. Elle voit un ancien parquet de chêne brillant sombrement et, se découpant dans l'entrée, la belle silhouette d'un jeune homme qui attend. L'histoire palpite autour d'elle, et la reine aussi palpite, mais ils ne se trouvent pas, et bientôt l'histoire déçue s'éloigne et se défait parmi les tourbillons d'infinitésimales histoires qui volettent sans cesse de-ci de-là.

La reine tourne dans la foule qui ne montre ni chemin tracé à suivre ni cadre doré à regarder. Où sont les grands couloirs du palais, les portraits en rangées sur les murs des galeries? La reine sait bien que quelqu'un marchait dans ces couloirs, que quelqu'un passait devant ces tableaux, que quelqu'un maintenant s'en souvient, et elle s'étonne que ce soit elle.

Puis l'étonnement aussi glisse sur un autre chemin. Peut-être se recroiseront-ils un jour, cette reine et son étonnement. En attendant, elle marche dans de petites rues anciennes où d'endroit en endroit, le trottoir a été reculé, des maisons abattues, afin de faire place à des falaises de verre et d'acier, des rues entières se sont aussi effacées, beaucoup de choses ont changé depuis son absence.

« Seul le regard de la reine les tenait donc telles qu'elles étaient! » se dit-elle, et elle s'inquiète. Sans son regard de reine, les choses du royaume ne cesseront-elles plus de s'étirer, rétrécir, disparaître ou devenir autres? Et elle-même, sans son nom de reine, que fera-t-elle dans ce paysage toujours à d'imprévisibles transformations?

Voici justement qu'elle passe devant l'une de ces falaises toutes transparentes. Sur des tables où la lumière est emprisonnée, des hommes et des femmes penchés font bouger de petits traits noirs. Et soudain la reine voit la femme qu'elle cherche, elle a la plume, non elle ne l'a pas, si pourtant elle l'a, mais ce n'est pas la même, finalement la reine n'est plus sûre de rien. La sienne est verte, jaune et rose, celle qui bouge à l'oreille de la femme est bleue, orange et mauve, quelles étaient les couleurs de la première plume?

La reine a collé son visage contre la vitre, collé son flanc à la muraille de verre, encore une fois elle connaît l'immobilité. Devant elle, rien qu'une reine puisse reconnaître. Sa plume est tombée, et celle qui se balance là-bas n'est qu'une pacotille, rendue plus criarde encore par les néons.

La reine, butée contre le verre, ne voit nul chemin venir sous ses pas. Ni ses genoux raidis, ni son coude replié, ni ses mains étoilées, ni son front écrasé ne peuvent bouger, et par tous ces points le verre presse contre elle une volonté froide et paralysante.

Une mémoire de reine se souvient. Dans les oubliettes noires sous le donjon, les prisonniers sont dans des cages aux formes savantes, mais pas à taille d'homme. Les années passent, puis vient un été. Les cages sont amenées au grand jour, posées sur la pelouse du palais, puis les barreaux retirés un à un avec grand soin. Les cages sont sur la pelouse verte, le soleil rutile, un cordon de gardes tient la foule en respect. Mais les prisonniers ne bougent pas, comme si les barreaux étaient encore autour d'eux. Leurs corps gardent les angles de l'ancienne cage, et au milieu des membres tordus, on voit les yeux exorbités que le soleil a brûlés. Au soir, certains sont tombés, squelettes anguleux, en petits tas à côté du petit tas des barreaux.

La femme de l'autre côté de la vitre a levé la tête. La reine, violemment arrachée à l'immobilité, a reculé. Mais l'autre fait un petit signe de la main, un sourire, voilà qu'elle se lève, sort et rejoint la reine, effrayée, sur le trottoir.

– Je pars plus tôt, dit la femme, tant pis.
– Et ton ami?
– Il est fâché.
– Ah, dit la reine, il a souci.
– Je l'ai trompé, dit la femme.
– Trompé?
– Oui, avec mon amant, celui qui est derrière la vitre.
– Tu l'aimes?
– Qui, mon amant?
– Non, ton ami.
– Bien sûr que oui, dit la femme.
– Alors pourquoi?
– Pour l'inquiéter.
– Pour inquiéter ton ami?
– Non, mon amant.
– Mais ne le flattes-tu pas au contraire?
– Non, car ce soir je vais le tromper.
– Avec qui?
– Avec mon ami.
– Il va être malheureux.

– Qui, mon amant?
– Non, ton ami.
– Peu importe, car il va me tromper.
– Pourquoi, puisque tu lui reviens?
– Pour se rassurer.
– Avec qui? dit la reine.
– Avec toi peut-être, dit la femme.
– Tu vas souffrir.
– Je le tuerai, dit la femme.
– Comment? dit la reine, qui ne comprend pas.
– Je le tuerai, dit la femme avec un rire sauvage.

Elle s'arrête devant une vitrine où sont exposés des mannequins aux vêtements chatoyants. L'un d'eux tient à la main une canne polie, avec un pommeau ciselé et en bas un aiguillon de fer bien dur et pointu.

– Non! dit la reine qui a vu la canne.
– Mais si, dit la femme.
– Non, non, dit la reine qui tremble violemment.
– Cela lui ira très bien.
– La canne?
– Non, la chemise.
– A ton amant?
– Mais non, à mon ami. Il aime tant les chemises chatoyantes.
– Ah, dit la reine, tu vas lui offrir une chemise chatoyante.
– Il sera si beau, dit la femme transportée de joie.
– Oui, dit la reine.
– Il faudra que tu le voies.

– Oui, dit la reine.

Les questions qui se pressaient dans sa tête sont parties comme des soucis usés. Les voilà toutes deux assises sur un banc, dans un parc jonché de feuilles dorées. Au bout de l'allée déjà envahie de crépuscule, un manège d'enfant tourne, dans une lueur rose délicate comme une porcelaine. Elles mangent les sandwiches achetés au kiosque et boivent à même une bouteille toute rouge. La reine sent que la tête lui tourne, elle voudrait parler d'elle, elle aussi.

– J'étais une reine, dit-elle.

La femme se met à rire.

– Moi aussi.

– Toi aussi?

– J'étais la reine de beauté de la ville.

– Et maintenant? dit la reine.

– Maintenant? Je surveille. Je vais chez le coiffeur, le masseur, je suis des cours de danse.

– Extraordinaire, dit la reine qui ne se lasse pas d'écouter.

– Mon amant aussi était roi.

– Impossible! dit la reine qui n'a pas reconnu en cet homme l'un de ses époux.

– Roi de la canne, dit la femme.

– De la canne?

– De la canne à sucre. On l'a chassé de son pays et il a tout perdu.

– Oui, dit la reine troublée, j'ai connu un homme qui a tout perdu aussi, mais il n'était pas roi.

– Et toi, de quoi étais-tu reine? dit la femme.

– Eh bien...
– Eh bien?
– J'étais reine du royaume.
– Cela ne veut rien dire, dit la femme.
– Comment? dit la reine.
– Tu es drôle, dit la femme au bout d'un moment.
– Tu as dit que j'étais folle, une autre fois, dit la reine au bout d'un moment aussi.
– Tes compliments m'agaçaient, dit la femme.
– Je t'admirais, dit la reine.
– Tu te moquais, dit la femme.
– Pourquoi me serais-je moquée?
– Parce que j'avais été reine de beauté, parce que j'avais manqué un pas en dansant.
– Comment est-ce possible? dit la reine perdue et qui souffre.

Le soir, la femme est retournée à son ami, et la reine a pris une chambre à l'hôtel. Elle est assise sur le lit étroit, et essaie de penser. Il lui semble qu'elle ne pense plus depuis longtemps, ou bien sa pensée a-t-elle tant changé qu'elle ne la reconnaît plus?

Lorsque les ministres et les intendants venaient, la reine savait qu'elle pensait. Les pensées descendaient de sa tête en robe d'apparat, accueillaient celles des ministres et des intendants, et toutes ensemble exécutaient une danse savante et majestueuse.

Penser était comme avancer dans les grands couloirs du palais, et le soir la reine savait qu'elle avait fait son parcours au rose qui avait quitté ses joues, au bleu et au noir qui avaient quitté ses yeux, au froid qui enchâssait son cœur, à sa douleur lorsqu'elle venait à la fenêtre, pour regarder en bas, très loin, ce qui se passait dans les cours.

– Pensais-tu, reine, lorsque tu étais avec le jeune homme?

– Je ne pensais pas.

– Que se passait-il en toi alors?

– Des objets passaient, un verre, ma jupe, les cigarettes, des patins de laine, le visage du jeune homme si énorme devant moi, le parquet comme un oreiller rugueux à gauche et à droite, et des choses rapides et sinueuses que je ne saurais décrire.

– Et avec le jardinier, reine, pensais-tu?

– Il y avait l'herbe si chaude qu'elle fondait les pensées, et l'herbe si froide qu'elle les glaçait, et le silence qui les absorbe comme un brouillard, il y avait la toile rude de ma robe qui frottait sur elles comme un cilice et parfois comme un bon gant de crin, il y avait la femme folle et l'enfant morte devant qui toute pensée trébuchait et tombait.

– Mais le jardinier, reine?

– Il se tenait souvent assis, immobile, le regard perdu devant lui.

– Et toi?

– Je me tenais comme lui.

– Assise, immobile, le regard perdu devant toi?

– Oui.

– N'est-ce pas là l'attitude des pensées?

– Sans doute.

– A quoi donc pensais-tu?

– Que nous étions là, dans cette attitude.

– Et avec cette femme, reine, sûrement tu as pensé?

– Il n'y avait, là où doivent évoluer les pensées, que confusion légère et poussières en suspension, étincelles et crépitements. Ses paroles faisaient des bulles qui venaient éclater en moi, j'étais ivre et l'ivresse est-elle penser?

– Tu peux en décider à l'instant, si tu le veux, reine.

– Il y a eu la plume.

– Oui?

– Elle était tyrannique comme une pensée et presque sans substance, à la fois forte et légère, se mouvant par segments, et toujours devant moi.

– C'était donc une pensée.

– Ça l'était sans l'être.

– Que veux-tu dire?

– La plume était la pensée.

– Alors?

– La pensée était la plume.

– Déjà dit.

– Non, dit la reine.

– Si.

– Assez, crie la reine, si fort que toute la maison l'a entendue.

L'hôtelier est monté jusqu'à la chambre, a ouvert la porte, regardé le lit étroit, l'armoire, les rideaux, le fauteuil.

– Madame, dit-il enfin, je ne sais qui vous parle, mais vous faites trop de bruit, et je ne peux vous garder.

– Gardez-moi, dit la reine.
– Que le fantôme avec qui vous criez si fort vous emmène chez lui, dit l'hôtelier offensé. Mon hôtel n'est pas pour les sorcières.

La reine voit qu'elle ne le convaincra pas. Elle qui sait parler aux ministres, aux intendants, aux courtisans et même aux serviteurs du palais, ne saura-t-elle parler à un hôtelier dans un hôtel?

– Je suis la reine, murmure-t-elle.
– Et moi, je suis l'hôtelier, partez.

Le mot « reine » pour cet homme s'arrête à ce lit étroit, à la robe froissée dessus, à la voix suppliante qu'il entend, aux yeux inquiets qu'il voit. Le mot « reine » n'ouvre pas pour lui de longs couloirs, au bout desquels viennent les parcs, les jardins, la grande galerie avec ses tableaux, les salles avec les courtisans, ministres, intendants, les rois-époux, et partout les rêves immenses, géants obscurs du palais.

D'ailleurs, la reine a-t-elle quitté ce palais, ou bien est-ce le palais qui l'a quittée?

Dans les rues où elle marche, pleine de regrets incertains, elle cherche son palais. Au loin, les façades en grand nombre font une haute muraille, sombre à cette heure de la nuit, mais lorsqu'on s'approche, la muraille semble reculer, puis s'effacer, et lorsqu'on se retourne, voilà qu'elle est derrière, avec ses multiples façades, là d'où l'on vient.

Elle a retrouvé les murs, avec qui on ne peut parler et qui vous poussent là où ils veulent, avec leurs angles, coudes et carrefours. La reine sent qu'elle est entrée dans le domaine énigmatique du temps, que plus jamais elle ne pourra croire ordonner et croire être obéie, croire parler et croire être entendue, que les paysages ne cesseront de glisser les uns sur les autres, comme des panneaux coulissants, que savoir et ne pas savoir ne cesseront de se mélanger.

Elle s'est assise sur un banc. Elle se rappelle le petit secret qui était venu un jour en elle et puis l'avait quittée. Un autre secret est sur elle maintenant, beaucoup plus vaste, semblable à une grande éponge souple, il se prolonge sur le banc, sur le sol couvert d'un léger manteau de rosée grise, jusqu'à la pointe des arbres au-dessus desquels brillent les mêmes étoiles, et lorsqu'elle se lèvera, ce secret se lèvera avec elle, comme un feuilletage de fines ailes, tantôt se déployant en éventail bien large, tantôt se repliant autour d'elle, hermétiquement. Et la reine ne connaîtra rien d'autre de ce secret que le mouvement de ces ailes invisibles.

Un homme qui allait de long en large sous un réverbère s'est approché. Il se tient derrière la reine, mais elle ne l'a pas vu.

– Tu m'as appelé? dit l'homme.

– Je n'ai rien dit, dit la reine surprise.

Elle se retourne. Tous deux se regardent.

– Il me semble que je te reconnais, dit l'homme.

– Moi aussi, dit la reine.

– C'était il y a longtemps, dit l'homme. Tu es partie un jour.

– Toi aussi, tu es parti un jour.

– Je ne me souviens pas bien, dit l'homme. J'ai des soucis.

– Quels soucis?

– Mon épouse, dit l'homme.

– Et le royaume?

– Il a changé, dit l'homme.

– Que cherchais-tu ici?

– Une femme.

L'homme s'est assis près de la reine, comme autrefois sur le trône, lorsqu'un royaume les entourait. La reine voudrait raconter à cet homme le secret qu'elle sent autour d'elle. Mais le secret qui n'a ni nom ni forme se pose sur ses lèvres, et la reine surprise sent le poids des choses qui ne peuvent être dites.

Le banc qui les porte n'est qu'un fétu fragile, que les mots feraient sombrer, et elle sait qu'à peine auront-ils posé le pied à terre, le sol en glissant les écartera l'un de l'autre.

Lorsque ce moment est arrivé au bout de lui-même, l'aube était déjà passée, la reine avait un peu dormi, l'homme n'était plus là, il fallait maintenant s'occuper de trouver un travail.

Le ciel est un peu gris, l'air encore froid de la nuit, les poubelles viennent d'être vidées et se tiennent toutes droites comme des bornes le long des rues, la reine est un peu lasse de tous ses jours passés, aussi pénétrants que les rêves d'une nuit, mais dans la fraîcheur du matin une rumeur roule comme un doux battement de cœur, la reine sent un sourire en elle, elle pense au café qu'elle va boire dès qu'ouvriront les portes dans la ville, à l'entrevue qu'elle va avoir dans le grand immeuble de verre, au travail qu'on lui donnera, au soir qui viendra.

– Certainement, c'est ma vie, se dit-elle.

DU MÊME AUTEUR

Aux Éditions Gallimard

NOUS SOMMES ÉTERNELS, *roman*, 1990.

HISTOIRE DE LA CHAUVE-SOURIS, *Folio nº 2245*.

HISTOIRE DU TABLEAU, *Folio nº 2247*.

Aux Éditions Julliard

HISTOIRE DE LA CHAUVE-SOURIS, *roman,* (Avant-propos de Julio Cortázar.)

HISTOIRE DU GOUFFRE ET DE LA LUNETTE, *nouvelles*.

HISTOIRE DU TABLEAU, *roman,* (Prix Marie-Claire Femmes.)

LA FORTERESSE, *nouvelles*.

Impression Brodard et Taupin
à La Flèche (Sarthe),
le 1er mars 1991.
Dépôt légal : mars 1991.
1er dépôt légal dans la collection : septembre 1990.
Numéro d'imprimeur : 6798D-5.

ISBN 2-07-038273-7 / Imprimé en France.

52095